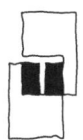

MICHAEL BAHN
SIMON BRAND
HÜTER DER WELT
#LARSAFFAIR

Hey, Simon! Ick bin's wieder, die Büchereule! Wollte nur mal rückmelden, dass ick auch dein zweites Abenteuer richtig unterhaltsam fand. Also N.I.N.I. und du, ihr bleibt meine Lieblinge. Wobei ick aber Marten och janz knuffig finde. Mach weiter so! Dit war's auch schon.

@berlinerbucheule, Freitag, 09.11.18

Lieber Simon, auch deine zweite Erzählung hat mir sehr gut gefallen. Ich finde wirklich, dass du in meine Schreib-Ag kommen solltest. Toll finde ich auch, wie du Marten eingebunden hast. Ihr zwei habt euch da eine kleine Welt geschaffen, die ihr nun sogar transmedial ausweitet mit den Hörstücken. Wirklich toll und schön zu sehen, dass eure Freundschaft auch über die Ferne hinweg hält. Deine Frau Jokisch

@mai.joki, Sonntag, 11.11.18

hör ma zu du pappnase das du unsern schönen ort für deinen schund benutzt ist ja wohl das letzte! du stehst auf meine liste. komm blos nich wieder her sonst gibts dresche!!!

@brnd.hck, Mittwoch, 14.11.18

N.IIIIII.N.IIIIII.!!!!!! du geile schnalle!!!! welcome back, mein mäuschen!!!! hab dich sooooooo vermisst!!!!!

@dragonteeth, Montag, 19.11.18

Sie schon wieder. Wir kennen uns nicht. Mich zu vermissen, ist daher unmöglich.

@N.I.N.I., Montag, 19.11.18

Sehr geehrter Herr Brand, ich habe Ihre Texte mit viel Vergnügen gelesen und würde Ihnen empfehlen, sich auf die Suche nach einem Verlag zu begeben. Mit dieser Art von Urban Fantasy könnten Sie sicher ein großes Publikum aller Altersklassen erreichen. Schade, dass phantastische Literatur jenseits des etablierten Verlagswesens noch nicht ausreichend wahrgenommen wird. Herzlich, Ihre Marta Rastetter vom Phantastikpreis Haus Tannenberg.

@haustannenberg, Freitag, 23.11.18

@N.I.N.I. schalt mal dein humorprogramm ein, baby! you make me feel so lonely, lo lo lo lo lonely!

@dragonteeth, Sonntag, 25.11.18

@dragonteeth I'm not the one and only that makes your dreams come true! Merken Sie sich das bitte!

@N.I.N.I., Sonntag, 25.11.18

hey, simon, ich wollte mich mal melden. deine geschichten sind echt mega spannend! ich bin immer wieder überrascht, dass du zeit zum schreiben findest. ich pack das nicht. bis morgen in der schule!

@jenni_from_the_block, Sonntag, 25.11.18

Ich mag die Bilder zu deiner Story! Wer macht die denn eigentlich? Kannst du mir da jemanden empfehlen? Danke schon mal!

@ronnythepony, Montag, 26.11.18

Bibliographische Information der Deutschen Nationalbibliothek

Die Deutsche Nationalbibliothek verzeichnet diese Publikation in der Deutschen Nationalbibliographie; detaillierte bibliographische Daten sind im Internet über dnb.d-nb.de abrufbar.

Covergestaltung: Ronny Kutter

Herstellung und Verlag: BoD – Books on Demand, Norderstedt

Printed in Germany

ISBN: 978-3-7562-1633-8

SIMON BRAND
HÜTER DER WELT

LARSAFFAIR

MICHAEL BAHN

Mein Atem rauscht in Nebelschwaden durch die kalte Nacht, während ich ihm nach renne.

Ich schwitze in der dicken Winterjacke, der Schal scheint mir die Luft nehmen zu wollen, aber Mama sagt: Zieh dich warm an, wenn du im Winter vor die Tür gehst! – Also trage ich Mütze, Schal und Handschuhe.

Ich renne, so schnell ich kann. Aber er ist schneller. Immer ist er schneller!

Links geht es zur alten Filmfabrik. Die Tür zum Hauptgebäude schwingt noch nach.

Hier muss er durch sein.

Ich öffne sie vorsichtig und starre in die Dunkelheit.

#undsagschon
#wasistzusehen

Als sich meine Augen an das wenige Licht gewöhnt haben, sehe ich einen Schatten, der durch den Flur huscht und in einem der ehemaligen Büroräume verschwindet.

Ich kenne diese Räume. Im Sommer habe ich hier schon einmal einen Dunkelweltler in einen Pfeiler gebannt

#stimmtdaswarinteilzwei

und deshalb weiß ich, dass die Fenster zu den Büros vergittert sind. Wer sie durch die Tür betritt, der muss sie durch die Tür verlassen. Er sitzt in der Falle!

Langsam betrete ich den Raum. Er ist mit Graffiti ver-

7

ziert. Ein wackliger Schreibtisch steht hier noch und ein Schrank ohne Türen und zwischen Schrank und Wand, in einer Ecke, da steht er.

Zufrieden gehe ich auf ihn zu.

Es ist vorbei.

Ich habe gewonnen.

Er hat verloren.

Ich lächle.

Siegesgewiss.

Aber aus irgendeinem Grund erkennt er seine Niederlage nicht an.

Er sträubt sich, sammelt Kraft und springt plötzlich auf mich zu.

Seine Schulter trifft mich hart an der Brust.

#autsch

Ich taumle nach hinten.

Ich pralle gegen eine Wand.

Und dann erkenne ich meinen Fehler!

#ohnein
#wasfüreinfehler

Er zwinkert mir zu.

Er nimmt Anlauf.

Er springt auf den Schreibtisch, er springt nach oben, er zieht sich durch ein Loch in der Decke auf die erste Etage. Dann dreht er sich um, winkt mir laut lachend zu und verschwindet.

Ich

bin

am

Boden

zerstört.

#absolutnachvollziehbar

Warum!?!

#weilduunachtsamwarstalter

Die Kälte kriecht mir durch die Jacke bis in die Knochen. Werde ich alt? Ist es der anstehende achtzehnte Geburtstag, der mich unachtsam werden lässt?

#kommschon
#sodarfesnichtenden

So darf es nicht enden!

Ich springe auf und stürme aus dem Raum, den Flur hinunter, die Treppe am Ende des Ganges nach oben zur alten Schwingtür.

Hinter ihr liegt die erste Etage.

Ein riesiger Raum.

Mein Blick wandert über kahle Wände, zerschlagene Fensterscheiben und Reihen von Stützen, die aus dem Boden in die hohe Decke wachsen.

Die Zeit steht still.

Und doch bewegt sich die Luft sichtbar.

Feine, weißgraue Schwaden ausgestoßenen Atems dampfen hinter einer der Stützen hervor.

Dieses Mal entkommt er mir nicht!

Ich sprinte los.

Ich hole mit dem rechten Arm aus und

gerate

ins

Schleudern!

Eine feine Spur aus gefrorenem Wasser bedeckt den Boden und ich schliddere auf ihr direkt auf ihn zu, verliere das Gleichgewicht und knalle auf den Hintern.

Erst vor seinen Füßen endet meine Rutschpartie.

Lachend packt er meinen Arm und hilft mir hoch.

Du musst immer alles im Auge behalten, Simon! Nicht nur die Decke, auch den Boden!

Ja, ja. Du hast gewonnen. Herzlichen Glückwunsch, Marten.

Mein Rücken schmerzte.

Der Sturz hatte seine Spuren hinterlassen.

Wie kannst du mich nur so aufs Kreuz legen und das so kurz vor meinem Geburtstag? Ich muss doch fit sein, wenn wir heute reinfeiern!

Du hast gesagt, ich soll dich nicht schonen, wenn wir trainieren!

Seit wann nimmst du mich bitte ernst?

Hey, ich nehme dich immer ernst. Und seit ich weiß, dass du wirklich die Welt rettest, umso mehr. Du bist mein Held ... und ich bin dein Sidekick!

Sehr witzig!

Na komm, du Weltenhüter. Genug Übungen für heute. Schließlich wird jemand morgen achtzehn und das heißt – Paaartyyy!

Wir kletterten aus der Fabrik und schlenderten durch den kalten Abend zurück in die Köpenicker Altstadt.

Abend zurück in die Köpenicker Altstadt.

#wassolldasdenn

Die Zeit hatte einen Schluckauf.

#krass

INHALTSVERZEICHNIS

ICH HAB NOCH EINEN KOFFER IN BERLIN

#marlenedietrich

Leute, dass ihr wieder dabei seid und mein drittes Abenteuer lest, macht mich so unfassbar happy! Ihr seid echt die Besten!

#vollnicealter

Ich weiß gar nicht, wo ich heute anfangen soll mit den Erklärungen. Es gibt so viel zu erzählen! Aber wie soll ich das diesmal machen? Da ist so viel krasser Shit passiert und ... ihr müsst echt so viel wissen, um das alles raffen zu können.

#nocheinsovielundichplatze

Also nach unserem letzten Abenteuer habe ich Marten seine Audiofiles geschickt, damit er versteht, dass ich wirklich der Hüter der Welt bin. Ihr erinnert euch doch bestimmt noch an unseren Wanderurlaub und den Berggeist, oder? Falls nicht, lest schnell mal in Teil zwei nach!

#sbhdw2 #wanderlust

Ach und wenn ihr mich so gar nicht kennt, dann zieht euch auch den ersten Teil noch rein.

#sbhdw #ghosting

However, der Marten hat sich die Dateien angehört und war danach völlig durch. Logisch. Ich meine, der war von einem Außerirdischen besessen und wurde von einem Dunkelweltler entführt und nach dem Zeitsprung konnte er sich an nichts mehr erinnern. Wie verrückt kann die Welt sein?

Ich wollte jedenfalls, dass er weiß, wie gefährlich es ist, mit mir befreundet zu sein, damit er sich das überlegen kann. Aber was soll ich euch sagen? Es ist ihm egal!

#edelmann

Seitdem unterstützt er mich, wo er kann. Wir sind jetzt also ein Weltenhütertrio, obwohl N.I.N.I. noch immer nicht mit ihm redet. Sie sagt, das sei zu gefährlich und kein Hüter der Welt hätte bisher mit einem Sterblichen zusammengearbeitet. Ich hoffe, dass sie sich bald mal einkriegt!

Aber zurück zu meinem neuen Abenteuer. Vielleicht erkläre ich euch erstmal, was ansteht:

Ich werde achtzehn Jahre alt!

#wow
#herzlichenglückwunsch

Naja, wenn ich das hier schreibe, bin ich natürlich schon achtzehn.

#okdannnachträglich

Jedenfalls ist der Marten nach Berlin gekommen, um mit mir in meinen Geburtstag reinzufeiern.

Leider ging wie immer alles schief.

#nichtspoilernalter

Aber dazu gleich mehr. Jetzt muss ich euch ja immer noch erklären, was ihr gleich lest.

Also ... ihr lest meine Sicht auf die Dinge. Klar. Und dann lest ihr aber auch, was ich erzählt bekommen habe von Marten und N.I.N.I., weil wir nicht immer zusammen waren. Und ihr lest ... nee, das verrate ich noch nicht. Ihr rafft das schon.

So und jetzt überlasse ich euch der Geschichte, die dort anfängt, wo alle großen Liebesgeschichten

#alterdasisteinspoiler

anfangen müssen – kurz vor einem Klubbesuch.

Und was dann passiert ist, war nicht weniger und nicht mehr than a cold winter

#larsaffair

17

HAPPINESS IS JUST A THING CALLED LARS

#marlenedietrich

Wenn Sie mich mitgenommen hätten, Simon, dann wäre Ihnen der Sturz erspart geblieben. Ich hätte Sie gewarnt.

Ich weiß, N.I.N.I., aber dann wäre es kein richtiges Training gewesen. In Notsituationen muss ich auch ohne dich klarkommen.

Weshalb sollte ich in einer Notsituation nicht bei Ihnen sein?

Na ... keine Ahnung, vielleicht wird dein Betriebssystem angegriffen und du musst rebooten?

In der Zeit unserer Zusammenarbeit war dies nur ein einziges Mal der Fall und nachdem meine Hardware durch einen Schicksalsfaden verstärkt wurde, wird es nicht erneut vorkommen. Sie können sich guten Gewissens auf mich verlassen.

Das weiß ich und ich will dich auch in einem Kampf an meiner Seite haben. Aber wenn ich ein Sporttraining mache, dann kannst du ruhig zuhause bleiben.

Aber ich könnte Sie motivieren!

Deine Motivationsversuche kenne ich. Die beschränken sich meistens darauf, mir zu sagen, was ich alles falsch mache.

Nur so können Sie Ihre Fehler beheben.

Da, genau das meine ich.

Ich verstehe nicht.

Das sind keine Fehler. Das sind sportliche Defizite, an denen ich arbeite.

Und Sie machen wöchentlich Fortschritte.

Dankeschön!

Fanden Sie diese Aussage motivierend?

Ja.

Das ist der Beleg: Ich könnte Sie bei Ihrem nächsten Training unterstützen!

Ach, N.I.N.I., wenn Marten wieder in Zollperding ist, dann nehme ich dich mit, ok?

Sie lassen mich sehr oft in der Wohnung zurück, seit Ihr Freund vor Ort ist.

Wenn du mit ihm reden würdest, dann würde ich dich auch öfter mitnehmen.

Dass Sie ihn über Ihre Aufgabe unterrichtet haben, halte ich noch immer für einen Fehler. Kein Hüter der Welt hat in der langjährigen Geschichte aller Hüter...

...einen gewöhnlichen Menschen über seine Aufgabe informiert. Ja, ja, ja. Ich kenne deine Leier.

#kaputteschallplatte

Was meinen Sie mit Leier? Ist etwas mit meinem Stimmenmodul nicht in Ordnung?

Nein, das ist eine Redensart und sie bedeutet: Du hast mir das schon hundertmal gesagt.

Diese Zahl stimmt mit meinem Gedächtnisspeicher nicht überein. Tatsächlich habe ich Sie bisher erst dreiundzwanzigmal darauf hingewiesen.

Hey, dein Humorprogramm funktioniert super!

Das war kein Scherz.

Oh, schade. ... Aber nicht schlimm, denn ich gehe jetzt duschen. Marten ist nämlich aus dem Bad raus.

Wenn Sie mich mitnehmen, kann ich Sie währenddessen über die von mir gemessenen Minimalzeitsprünge informieren.

#showerfortwo #soweitkommtsnoch

21

Nein, geduscht wird alleine! Du kannst mir danach alles auflisten.

Wie Sie wünschen.

Das heiße Wasser tat meinen ausgekühlten Knochen gut. Dieser Winter war überraschend kalt geworden und es half auch nicht gerade, wenn man gefühlt stundenlang durch die Kälte rannte, um Marten wieder einzufangen, nur um sich dann von seinem Handy anpampen lassen zu müssen, weil es nicht mitkommen durfte. Aber alles das spielte für den Rest des Abends keine Rolle mehr, denn heute war der große Tag.

Ich stieg aus der Dusche, trocknete mich ab und starrte in den Spiegel. Durch die Abenteuer der letzten Monate hatte sich mein Körper verändert. Er war straffer, an einigen Stellen sogar muskulöser. Das Hüten der Welt stellte sich als Ganzkörpertraining heraus. Es war mir nie wichtig gewesen, so athletisch wie Marten auszusehen. Schließlich hat jeder Körper seine ganz eigene Schönheit, wenn ein schöner Geist darin wohnt.

#dualterphilosophdu

Trotzdem konnte ich mit den neuen Muskeln durchaus gut leben. Ich war nur unsicher, ob sie für den heutigen Abend ausreichen würden. Denn heute sollte es in den angesagtesten Gayklub der Stadt gehen. Seit Monaten war der Laden jeden Abend von einer langen Schlange umgeben. Gerüchte über legendäre Partys machten die Runde. Angeblich gab es einen Backroom für ausge-

22

wählte Boys, wie es in einschlägigen Foren hieß, wo im Stil der zwanziger Jahre des letzten Jahrhunderts gefeiert wurde. Und über die Besitzerin des Klubs standen viele Geschichten in den Berliner Klatschblättern, obwohl keine Bilder von ihr existierten.

So oder so, ich hatte an einem Gewinnspiel teilgenommen, bei dem man Eintrittskarten bekommen konnte, um in seinen Geburtstag reinzufeiern. Und was soll ich euch sagen? Ich habe gewonnen! Zwei Karten! Deshalb feierten wir heute nicht nur meinen achtzehnten Geburtstag, sondern ich besuchte auch zum ersten Mal einen schwulen Klub. Zum Glück hatte Marten damit keine Probleme, denn sonst hätte ich ganz schön allein dagestanden. Schwule Freunde waren in meinem aufregenden Leben ehrlich gesagt Mangelware. Aber ich hatte ja meinen Besten und wie sagte Marten so schön:

Natürlich gehen wir ins *Johnny*, wenn du Geburtstag hast. Das ist einem Hüter der Welt nur angemessen. Bist du langsam fertig im Bad?

Was?

Ob du fertig bist, Simon?

Ja, warte, ich komm raus.

Ich band mein Handtuch um die Hüfte und verließ das Bad. Marten stand im Flur und sah mich skeptisch an.

Du bist ja noch nicht mal angezogen.

Dafür siehst du aus, als würdest du heute Abend jemanden abschleppen wollen.

What?

Sorry, aber noch mehr kann man seine Muskeln ja nicht betonen. Enge Jeans, knackiger Hintern, Muscleshirt. Hast du auch noch Sport gemacht, um die Arme aufzupumpen?

Nur ein paar Liegestütze und Situps. Aber reden wir kurz darüber, dass dir mein Hintern aufgefallen ist?

Blödmann! Setz dich ins Wohnzimmer, ich komme gleich.

Gut, dann tun wir so, als wäre das gerade nicht passiert, ganz wie du willst.

Er verzog sich und ich suchte in meinem Zimmer nach Klamotten.

Sind Sie nun bereit, um über meine heutigen Messungen zu sprechen, Simon?

N.I.N.I.! Hast du mich erschreckt!

Das tut mir leid. Ich bitte um Entschuldigung.

Alles gut. Ich hatte nur vergessen, dass du hier bist.

Sie haben mich vergessen?

Äh ... nein, natürlich nicht. Was ist denn jetzt mit den Zeitsprüngen?

#themenwechsel

Es gab innerhalb der letzten vierundzwanzig Stunden fünf Minimalzeitsprünge. Da Sie keinen unbefugten

Eingriff eines Dunkelweltlers abwehren mussten, hätten diese Zeitwiederholungen nicht stattfinden dürfen.

Hat sich durch die Sprünge irgendetwas in der Zeitlinie geändert?

Soweit ich es beurteilen kann, handelte es sich um kleine Zeitwiederholungen. Mehrheitlich geht es um wenige Sekunden, die erneut abliefen.

Dann sind die Zeitsprünge also nicht gefährlich?

Allein, dass sie stattfinden, birgt erhebliche Risiken und ist nicht mit den geltenden Gesetzen des Universums vereinbar.

Schon klar. Aber wir leben ja jetzt bereits eine Weile mit diesem Zeitschluckauf.

#hicks

Ich denke nicht, dass dies eine adäquate Beschreibung des Phänomens darstellt.

Mag sein, aber ich nenne es so. Und du wirst es weiter überwachen.

Wie Sie wünschen.

Sehr gut. Dann machen wir uns mal los.

Simon!

Ja, N.I.N.I.?

Sie haben vergessen, mich einzustecken!

Nein, hab ich nicht nicht. Du bleibst hier, denn heute

gehe ich zum ersten Mal in einen schwulen Klub und da möchte ich nicht ständig von dir ermahnt werden, weil sich meine Herzfrequenz beschleunigt.

Sie rechnen mit medizinischen Problemen? In diesem Fall sollten Sie mich nicht zurücklassen!

Nein, keine medizinischen Probleme, du Dramaqueen! Aber ich gehe in den angesagtesten Klub der Stadt, wo sich lauter schwule Männer zu krassen Beats bewegen werden. Natürlich bin ich aufgeregt. Keine Sorge, Marten ist da und passt auf mich auf. Außerdem sind Handys nicht erlaubt.

Wie Sie meinen.

Sei nicht beleidigt!

Meine Programmierung lässt eine Betroffenheit durch persönliche Kränkungen nicht zu.

#vonwegen

Ich nehme dich morgen mit, wenn wir in der Stadt unterwegs sind. Versprochen!

Haben Sie einen schönen Abend, Simon.

N.I.N.I.! ... ... N.I.N.I.?

Ich überwache nun wieder den Zeitlauf. Bitte lenken Sie mich nicht ab.

Ok, verstanden.

#nichtbeleidigtabersauer
#egaljetztwirdgefeiert

26

Wir fuhren mit Martens kleiner Rostschüssel nach Schöneberg. Seit einem viertel Jahr dufte er bereits Auto fahren und da er nun Brandenburger war, hatte er von seinen Eltern auch einen alten Gebrauchtwagen bekommen, um mobil zu sein. Obwohl ich selbst keine Lust aufs Autofahren habe, muss ich zugeben, dass es durchaus bequem war, mal nicht auf die S-Bahn warten zu müssen. Außerdem bot sich eine gute Gelegenheit, die Stadt anders als gewohnt sehen zu können.

Nachdem wir von der Stadtautobahn runter waren und den Bahnhof Schöneberg links liegen ließen, ging es quer durch den Stadtbezirk. Die Lichter der Laternen spiegelten sich neben den leuchtenden Geschäftsreklamen in den Scheiben der Autos. Obwohl die meisten Läden bereits geschlossen hatten und es ziemlich kalt war, tummelten sich noch immer viele Menschen in den Straßen. Das Rathaus, wo Kennedy gesprochen hatte, zog vorbei, dann ein Park und schließlich bogen wir in die Gossowstraße. Ab der Winterfeldstraße begann die lange Suche nach einem Parkplatz, den wir schließlich mit sehr, sehr viel Glück in der Frobenstraße fanden.

Denk dran, dein Handy im Auto zu lassen, Marten!

Stimmt ja. Keine Aufnahmen aus den Innenräumen. Kein Zutritt mit Kameras jeglicher Art. Die machen ein ganz schön großes Geheimnis um den Laden, wenn du mich fragst.

Marten, das ist im Moment d e r Klub der Stadt. Gerade weil es keine Bilder gibt, überschlagen sich die Gerüchte bei Social Media regelrecht. Und auch die, die da waren, können irgendwie ihren Abend nicht richtig in Worte fassen. Das Ding muss richtig krass sein! Das Ding muss richtig krass sein! Das Ding muss richtig krass sein! Das Ding muss richtig krass sein! Das Ding muss richtig krass sein! Und Und Und auch die, die da waren, können ...

Alles klar bei dir, Simon?

Was? Äh ... ja, sorry ... da war wieder so ein Zeitsprung.

Jetzt gerade? War es ein großer Sprung?

Nein ... eher so ... einen Satz lang. ... Was ich sagen wollte ... also dieser Klub, der muss richtig krass sein.

Na das werden wir ja jetzt herausfinden. Du hast die Karten, Simon?

Alter, ich geh doch nicht ohne die Karten los!

#sagtmanalterüberhauptnoch
#heißtdasheutenichtbro
#neeheuteheißtdasdigger
#allesklardanke

Das Haus in der Schwerinstraße 13 sah wie ein ganz normales Wohnhaus aus. Nichts daran verriet, dass sich hier das *Johnny* befand.

Wir gingen durch eine Toreinfahrt und standen plötzlich in einem Hinterhof, der bis zum letzten Eck mit Menschen zugepflastert war. Auf der anderen Seite befand sich der Eingang zum Klub – eine große, graue Metalltür, die wie ein Garagentor aussah. Darüber hing ein altes Bettlaken, auf dem mit Farbe der Name *John-*

28

ny geschrieben stand. Marten griff nach meiner Hand und drängelte sich in Richtung Eingang vor.

Sollten wir nicht hinten warten?

Simon, wenn wir darauf warten, dass uns einer reinlässt, dann feiern wir deinen Geburtstag hier im Hof. Du hast Freikarten gewonnen, also ran an die Tür!

Auf dem Weg nach vorn wurden wir von den anderen Wartenden immer wieder angemault. Als wir uns bis zur Tür durchgeschlagen hatten, presste sich eine Hand mit langen roten Fingernägeln gegen Martens Brust und hielt ihn auf.

Hoppla, Schätzchen, du hast es aber eilig. Solltest du dich nicht wie alle anderen auch am Ende der Schlange anstellen, hm?

Die Fingernägel gehörten einer zwei Meter großen Dragqueen, die von oben auf uns herabsah.

#ichliebesiejetztschon

Mein Freund hier hat Freikarten, weil er morgen 18 wird und wir in seinen Geburtstag reinfeiern wollen.

Wie heißt dein Freund denn?

Ich bin Simon. Simon Brand.

Uuuh, bei dem Namen wird mir ja gleich ganz heiß, kleiner Mann. Aber lass mich einen Blick auf die Liste werfen. ... Aadam, Bahn, Brand. Tatsächlich, da stehst du ja. Und dieser starke Mann hier ist dein Boyfriend?

Nein, er ist mein bester Freund! Marten Holm.

Ihr seid also nicht zusammen? ... Mmmm, dann besteht ja noch Hoffnung für uns zwei, mein Süßer. So ein muskulöser junger Mann wie du darf doch nicht allein bleiben in der großen, bösen Stadt!

Keine Sorge, meine Freundin hat ein Auge auf mich.

Du bist eine Hete? Was für eine Verschwendung! ... Aber der Abend ist ja noch jung. Wollen wir mal sehen, ob du am Ende nicht doch ein bisschen bi wirst. Sag mir Bescheid, falls es so ist. ... Und jetzt die Jacken ausgezogen. Ihr bekommt sie zurück, wenn ihr den Klub wieder verlasst. ... Vielen Dank. Na dann schnapp dir den Glückspilz hier und ab geht's ins *Johnny*. Ich wünsche euch zwei Hübschen eine aufregende Nacht!

Mit diesen Worten öffnete sie eine Seite des Garagentors und schubste uns hinein. Als sich die Tür geschlossen hatte, hörten wir keinen Laut mehr. Völlige Dunkelheit umgab uns.

#vollunheimlich

Dann blitzte vor uns ein Licht auf dem Boden auf. Es pulsierte gleichmäßig und bewegte sich langsam vorwärts.

#followthelight

Wir folgten ihm.

#nagehtdoch

Das Licht glitt voran und pulsierte immer stärker.

30

Wir liefen hinterher. Doch je schneller wir wurden, umso schneller wurde das Licht und dann schlugen plötzlich die zwei Hälften einer Flügeltür vor uns auf.

Wie eine Explosion drang uns die Musik entgegen.

#funexplosion

Lichter flirrten durch den Raum.

Unser Begrüßungslicht sauste über den Boden zur Mitte des Saals. Dort wuchs eine riesige Spirale vom Grund bis zur Decke hinauf. Menschen saßen auf ihr und blickten auf die Tanzenden hinab. Im Zentrum der Spirale bewegte sich eine Projektion von Brigitte Helm als Maschinenmensch.

#metropolis

Unser Licht rauschte über die silbrige Außenseite des Gebildes, schraubte sich dabei immer schneller die Rundungen hinauf bis zum oberen Ende, sauste die Decke entlang auf eine kugelförmig wabernde Energiemasse zu, die über einer Bar zu schweben schien, tauchte in die Masse ein und explodierte schließlich in hunderten Strahlen, welche die Wand hinab und dann in den Raum hinein zuckten.

Die Massen im Saal jubelten.

Komm, Simon, wir gehen zur Bar hoch und verschaffen uns einen Überblick.

Wieder zog mich Marten vorwärts zur anderen Seite des Raums, der eigentlich komplett schwarz war. Doch jeder unserer Schritte erzeugte ein feines Leuchten auf dem Boden. Auch die Bewegungen der Tanzenden schufen solche Lichteffekte, aber sie waren viel stärker und schienen mit zunehmender Ekstase an Intensität zu gewinnen. Plötzlich umfloss eines der Lichter eine junge Frau, die völlig versunken im Rhythmus der Musik zuckte. Dann sauste das Licht über sie hinweg und hinein in die Maschinenmenschprojektion zwischen den Spiralen. Die Androidin riss die Augen auf, Lichtblitze schossen daraus hervor und zeichneten feine Silhouetten von Altberliner Straßenschluchten auf die Wände. Doch wie eine ferne Erinnerung verblassten die Bilder kurz darauf wieder.

Die Massen im Saal jubelten.

Die Bar lag auf einer erhöhten Etage und konnte durch zwei Freitreppen erreicht werden, deren Stufen matt glimmten. Wir stellten uns an die Brüstung, die wie eine nach innen geschlagene Welle aussah und aus einer Art schwarzem Gewebe bestand. Als wir uns mit den Ellenbogen darauf abstützten, glühten dort, wo wir sie berührten, Lichter auf. Das Material war weich und warm, es schmiegte sich unseren Bewegungen regelrecht an.

Also, Simon, ich gebe zu, ich bin geflasht. Ich hab echt alles erwartet, aber das hier übertrifft meine Vorstellungen so dermaßen. ... ... Hey, alles klar?

Ich ... ich bin gerade irgendwie überfordert.

Geht mir nicht anders. Ich meine, allein die Lichteffekte überall – wow! Einfach nur wow!

32

Was machen wir jetzt?

Was wir machen? Wir gehen tanzen, ist doch klar. Vielleicht können wir ja auch so eine Berlinprojektion auslösen. Komm, mach dich locker! Das ist dein Abend!

Als wir unten zu tanzen anfingen, glühten unter unseren Füßen sofort die Lichter auf und irgendwann merkte ich, dass sie nicht nur auf mich reagierten, sondern ich reagierte auch auf sie. Sie schlugen mich wie alle Tanzenden in ihren Bann und schienen einen Rhythmus vorzugeben, der die eigenen Bewegungen immer mehr der Musik anpasste.

Marten hatte sichtlich Spaß daran, die Energie herauszufordern. Und die Menschen ... vor allem die Männer ... beobachteten ihn dabei sehr genau. Um ihm nah zu sein, lenkten einige ihren Tanz sogar in seine Richtung, bis sie ihn wie ein Ring umschlossen. Und ich stand plötzlich außerhalb einer Mauer, die aus lauter attraktiven Kerlen bestand.

Die Massen im Saal jubelten.

Egal, wie sehr ich mich auch bemühte, ich konnte Marten nicht mehr erreichen. Immer wieder wurde ich zurückgedrängt. Einer der Typen rief mir zu, ich solle mich hinten anstellen, wenn ich mit der heißen Schnitte tanzen wolle.

#vollgemein

Nach einigen weiteren Versuchen gab ich es auf und schlich zur Bar zurück, wo eine junge Frau bediente.

Na, was möchtest du trinken?

Keine Ahnung ... haben Sie stilles Wasser?

Wasser? Das verlangt hier niemand.

Sie haben also kein Wasser?

Doch. Aber dafür muss ich ins Lager.

Ich nehm auch Leitungswasser!

Auf keinen Fall! Im *Johnny* gibt es nur das Beste. Ich hole dir eine Flasche Bergkristallklar. Aber das dauert einen Moment.

Sie verschwand, ohne meine Antwort abzuwarten, und ich schaute mir in der Zwischenzeit die Flaschen an, deren Etiketten durch die gläserne Struktur des Tresens hindurch sichtbar waren.

Vor der Bar wuchsen glatt geschwungene Stühle aus dem Boden, auf denen Gäste saßen. Zwei Frauen küssten sich charmant, ein älterer Herr nippte an seinem Kaffee und ganz am Ende hockte ein mürrisch dreinschauender, südländischer Typ, wie sie einem häufig in Neukölln über den Weg laufen. Die dunklen Haare waren an der Seite rasiert und oben glatt nach hinten gegelt. Der Vollbart war sauber geschnitten, die Haut makellos und der Körper im Sportstudio gestählt. Auf der Straße hätte ich es vermieden, ihn längere Zeit anzuschauen. Dazu las man einfach zu viele Geschichten über homophobe Pöbeleien. Aber hier, in diesem Klub, da traute ich mich, seinen Blick zu suchen. Obwohl seine Haltung abweisende Genervtheit signalisierte, deuteten die Augen trotzdem eine Zärtlichkeit an, die mir vertraut vorkam. Er erinnerte mich an...

So, hier ist dein Wasser.

#anwen
#sagschonanwen

Wie bitte?

Dein Wasser. Du wolltest doch ein Glas stilles Wasser haben!

Ja ... sorry. Ich war abgelenkt. Vielen Dank. Was macht das?

Für angehende Geburtstagskinder gibt's das Wasser umsonst.

Woher wissen Sie, dass ich bald Geburtstag habe?

Im *Johnny* sind wir über unsere Gäste informiert!

Sie zwinkerte und wandte sich dann den beiden Frauen zu. Ich nahm mein Glas. Der Südländer vom Ende der Bar war verschwunden.

Die Massen im Saal jubelten.

Ich lehnte mich gegen die Brüstung, stellte mein Glas ab und schaute Marten beim Tanzen zu. Er gab sich der Musik völlig hin. Und ganz ehrlich, auch wenn er wie ein Bruder für mich ist, aber an diesem Abend, da fand ich ihn ein ganz kleines bisschen heiß. Ich konnte verstehen, dass sich die Männer um ihn scharrten und versuchten, seine Aufmerksamkeit zu erregen. Leider wussten die Ärmsten nicht, dass er fest gebunden war – und zwar in Jennis Händen.

Gefällt dir der Kerl da unten?

Ich drehte mich zur Seite. Neben mir stand ein Typ – blonde Haare, dunkelblaue Augen und ein kleines, jungenhaftes Lächeln umspielte seine Lippen. Er schaute mich neugierig an.

Ich meine, ich könnte verstehen, wenn es so wäre. Irgendwie scheinen alle im Raum ein Faible für ihn zu haben. Aber wenn du mich fragst, dann würde ich sagen, der ist ne Hete. Mein Gaydar schlägt bei dem nicht aus. Was denkst du?

Äh...

Ja?

Ich denke, dass du recht hast. ... Ich weiß sogar, dass du recht hast.

Oh, sieh an. Und woher weiß der Herr Professor, dass ich recht habe?

Weil ich ihn kenne. Das ist mein bester Freund.

Ok, dann kann ich dem auch nichts entgegensetzen und bin stattdessen zufrieden, dass mein Schwulendetektor noch immer funktioniert. ... Bei dir schlägt er übrigens aus. Liege ich richtig?

#wirstdugeraderotsimon
#vollsüß

Ich weiß nicht ... also ... schon, ja.

Du bist noch nicht sicher, wohin die Reise geht, hm?

Doch! ... Doch, ich bin schwul. ... Aber...

Aber frisch geoutet. ... Und dann kommst du in diesen Klub? Mutig.

Wieso?

Weil nirgendwo sonst in dieser Stadt dem Hedonismus mehr gehuldigt wird als hier. Wenn du dich der Fleischbeschau schwuler Fachkreise stellen möchtest, dann bist du in diesen Räumen genau richtig. Meine erste Wahl wäre das *Johnny* als junger schwuler Mann wohl nicht gewesen.

Und trotzdem stehst du neben mir.

Ja, das ist richtig. Trotzdem stehe ich neben dir und quatsche dich voll.

Schon gut. Ich hab eh nichts Besseres zu tun.

Na vielen Dank.

So war das nicht gemeint! ... Es ist nur ... ich muss in dieser Welt erstmal ankommen. ... Für Heten scheint das leichter zu sein.

Das liegt daran, dass sich dein Freund nicht darum sorgt, irgendwem gefallen zu müssen. Er kann sich ganz der Musik hingeben, achtet nicht darauf, wie er aussieht, wie er sich bewegt, wer ihn beobachtet. Dieser ganze Ballast, den wir oft mit uns herumschleppen, wenn wir in einer Gruppe schwuler Männer unterwegs sind, ist ihm in diesem Moment, in diesem Saal vollkommen egal. Und genau deshalb umschwirren ihn die Männer wie Motten das Licht. Sie spüren seine Unbekümmertheit und das finden sie anziehend. Er ist wie eine Illusion, die hier zum Verkauf steht. Nur ist diese Illusion schon leicht benutzt, quasi zweite Hand. Und trotzdem immer noch verführerisch – sie deutet an, dass man mit ihr hoch hinaus kann, aber sie bleibt auf Sand gebaut. Nur sehen all die Männer das nicht. Aber – wenn er dein bester Freund ist, warum ist er dann dort unten, während du hier oben so desillusioniert herumhockst?

Ich bin nicht desillusioniert. ... Der Abend hat eigentlich richtig gut angefangen. Aber dann wurde ich irgendwie ... an den Rand gedrängt. Und jetzt stehe ich hier und warte, bis er Durst bekommt und an die Bar muss. ... Ok, das klingt doch desillusioniert.

Wir mussten beide lachen.

Die Eintrittskarten habe ich übrigens gewonnen. Sonst wäre ich wahrscheinlich niemals hier reingekommen.

Du hast bei dem Gewinnspiel mitgemacht? Aber das heißt ja, dass du morgen Geburtstag hast!

So ist es. Die Achtzehn steht an.

Das ist seltsam.

Was meinst du?

Ich hätte dich älter geschätzt. Du hast etwas an dir ... so,

38

als würdest du die Welt besser verstehen als die anderen jungen Hüpfer da unten ... als hättest du schon mehr als sie erlebt.

Vielleicht ist das ja der Fall.

Uh, du bist also ein Mysterium.

Nee, das wohl eher nicht. Ich bin einfach nur ein Junge, der seinen Weg sucht.

In einer Stunde bist du ein Mann, der seinen Weg sucht.

Mag sein. ... Wie alt bist du denn?

Ich bin zweiundzwanzig.

Das ist alt.

Hey!

Scherz! Du stehst natürlich in der Blüte deiner Jahre.

Vielen Dank. Das wollte ich hören. Ich bin übrigens Lars.

Ich bin Simon.

Er streckte mir seine Hand entgegen.

Es freut mich, dich kennenzulernen, Simon.

Die Freude ist ganz meinerseits.

Und aus welchem Stadtteil kommst du?

Aus der Köpenicker Altstadt.

Die ist schön! Ich kann leider nicht mit einem so beschaulichen Bezirk angeben. Meine Wohnung liegt in Marzahn.

Das ist hart.

Eigentlich nicht. In den letzten Jahren hat sich da vieles verändert. Marzahn ist nicht mehr der Absteigerbezirk von früher. Unsere Mieten sind mittlerweile auch ziemlich hoch.

Na ob das ein Grund zum Angeben ist?

Wohl eher nicht.

Eine Weile standen wir still beieinander und schauten dem Treiben auf der Tanzfläche zu. Immer wieder flossen Lichtimpulse von einigen Tanzenden durch die Projektion von Brigitte Helm und malten ein Berlin vergangener Tage an die Wände.

Die Massen im Saal jubelten.

Lars, darf ich dich etwas fragen?

Natürlich, was willst du wissen?

Wie war es für dich, nach dem Outing?

Ganz ehrlich? Es war anstrengend. Ich hab eine Weile gebraucht, um zu verstehen, wie die schwule Welt funktioniert. Aber wenn man den Dreh erstmal raus hat, wird es leichter. Und dann akzeptiert man sich selbst als das, was man ist – ein Mann, der Männer liebt. Nicht mehr, aber auch nicht weniger.

Gut zu wissen. Danke!

Hey, Simon, du bist ein hübscher Kerl und scheinst einiges auf dem Kasten zu haben. Du wirst schneller zurechtkommen, als du denkst. ... Und jetzt ist Schluss mit dem Trübsalblasen! Du hast bald Geburtstag, lass uns reintanzen!

Er ging die Treppen zur Tanzfläche hinab und ich folgte ihm widerwillig. Als wir unten ankamen, wechselte die Musik.

#rhythmisadancer
#undauchnochinderneuenversion

Boah, ich liebe diesen Song, Lars!

Ist der nicht etwas zu alt für dich?

Ich liebe die 90er! Und Rhythm is a Dancer in der Christensen-Version ist voll der Hammer!

Na dann – ab geht's.

Der Song ließ mich für einen Moment vergessen, dass ich Marten an die vielen Männer im Raum verloren hatte. ... Oder war es gar nicht der Song, war es vielleicht ... Lars? Dieser Typ brachte so eine Leichtigkeit in diese ganze Schwulseinsache – so als wäre es das Normalste auf der Welt!

#dasistesjaauch
#schönwärs
#jaokwirarbeitendran

Die Lichter unter uns wirbelten über den Boden. Der

Rhythmus hatte mich ganz und gar eingefangen und wir tanzten ohne Pause durch die Nacht, bis Lars nach meiner Hand griff und mich zu den Treppen zog. Dort zeigte er mir einen Durchgang, den ich bisher gar nicht wahrgenommen hatte. Unterhalb der Freitreppen konnte man einen weiteren Raum betreten, der aus weißen, unebenen Strukturen bestand. Sie fühlten sich wie das Material der Brüstung an – weich und warm. Der Raum war wie eine Höhle, in der man sich ausruhen konnte und ... und die offenbar viele dazu einlud, miteinander rumzumachen!

#noway!!!

Lars zog mich in eine Art Kuhle. Unsere Körper rutschten zusammen und unsere Gesichter waren nur noch wenige Zentimeter voneinander entfernt, während wir in der Fläche versanken. Dann beugte er sich vor und küsste mich. Erst spürte ich seine Lippen, dann öffnete er sie ein wenig und stieß mit seiner Zunge zu meiner vor, spielte mit ihr, wurde fordernder und wieder sanft. Mein Herz raste. Mir wurde flau. Ich zitterte.

Er schaute mich an.

Ist alles in Ordnung, Simon?

Ja! Ich ... alles ist gut.

Simon?

Ja?

Alles Gute zum Geburtstag!

Es ist zwölf?

Es ist zwölf. Und ich muss jetzt leider los.

#waaaassss
#bistduaschenputteloderwas

Aber ich gebe dir meine Nummer. Melde dich, wenn du magst. Ich würde mich wirklich freuen! Und mach dir keine Sorgen – du bist der heißeste Typ hier.

Er steckte mir einen Zettel in die Hosentasche, küsste mich noch einmal und verschwand dann unter den Treppen hindurch.

Ich blieb noch einige Minuten in der weißen Höhle liegen. Mir war etwas schwindlig. ... Was für ein Kuss! Und das an meinem Geburtstag! Und er wollte mich wiedersehen! Die Dragqueen hatte recht – ich war ein Glückspilz!

Draußen jubelten die Massen im Saal.

Ich raffte mich auf und wankte zurück zur Tanzfläche. Irgendwie war mir nicht gut.

Die Musik stoppte.

Die Menschen im Saal schauten zur Projektion des Maschinenmenschen. Die Androidin bewegte ihren Kopf, schien sich auf der Tanzfläche umzusehen und wandte sich dann der Seite mit der Bar zu.

Sie schloss ihre Augen.

Unter einigen der Menschen im Saal leuchtete der Boden grün auf. Lichtenergie umfloss sie. Sie hoben ihre Arme in Richtung der Spiralskulptur und das Licht schoss in die Projektion hinein.

Die Massen im Saal jubelten.

Die Maschinenfrau schien sich mit der Lichtenergie aufzuladen. Bis sie zu zittern begann. Sie öffnete die Augen und grüne Blitze zuckten daraus auf die Wand zwischen den Freitreppen, wo sie eine Fahrstuhltür zeichneten, die sich langsam öffnete.

Ladies und Gentlemen! Das grüne Leuchten hat einige von Ihnen auserwählt, gemeinsam mit der Besitzerin des *Johnny* eine unvergessliche Nacht zu verbringen. Bitte betreten Sie den Fahrstuhl und gleiten Sie hinab in die Goldenen Zwanziger!

Die Menschen, unter denen es grün leuchtete, betraten den Lift. Dann schlossen sich die Türen und die grüne Lichtenergie flirrte in den Raum zurück, während zugleich die Musik wieder aufdrehte.

Die Massen im Saal jubelten.

Und vor meinen Augen drehte sich alles. Ich stolperte, prallte gegen jemanden und fiel zu Boden. Der Typ beugte sich runter und half mir hoch. Es war der Südländer, den ich an der Bar gesehen hatte.

Simon!

Marten stürmte auf uns zu. Der Südländertyp verschwand in der Menge.

Wo warst du denn? Ich hab dich überall gesucht! Wir haben zwölf Uhr verpasst!

Nee, nicht wir, nur du.

Was?

Du ... du warst so mit Tanzen beschäftigt und mit all den Männern...

Sorry, aber das ist Quatsch und das weißt du!

Wenn du meinst.

#daistaberjemandbockig

Simon! Jetzt lass uns nicht streiten! Alles Liebe zum Geburtstag!

Er nahm mich in den Arm und ich schwankte.

Hast du Alkohol getrunken?

Nein.

Aber du schwankst und du lallst ein wenig.

Ich ... ich habe nicht...

Mir wurde wieder schwindlig. Marten fing mich auf und stützte mich.

Na komm, wir fahren nach Hause. Der Abend war wohl etwas zu lang für dich. ... Hast du Fieber? Du bist ganz warm!

Nein ... vielleicht ... ich weiß es nicht.

Wir gingen zum Ausgang auf der anderen Seite des

Saals. Die Lichter schwirrten durch den Raum. Die Musik hämmerte in meinem Kopf. An der Garderobe empfing uns wieder die Dragqueen. Offenbar hatte sie ihren Arbeitsplatz vom Eingang zum Ausgang verlegt.

Dein Freund sieht aber gar nicht gut aus. Du hast wohl zu tief ins Glas geschaut, was?

Ich ... habe ... nichts ... getrunken.

Schon gut, Schätzchen. Mit siebzehn hat man noch Träume, aber mit achtzehn beginnt die harte Realität. Willkommen im Leben! Du bringst deinen Freund bitte sicher nach Hause, mein Hübscher.

Klar. Ehrensache.

Sehr brav. Und du bist nicht doch ein ganz kleines bisschen bi geworden heute Nacht?

Nein, leider nicht. Aber wenn ich es noch werde, erfahren Sie es als erste!

Du Charmeur! Sieh zu, dass du deinen kleinen Knackarsch hier raus schwingst. Passt auf euch auf!

Marten half mir in die Jacke und brachte mich zum Auto. Die kalte Luft kühlte meine heiße Stirn. Auf der Fahrt nach Hause hielt ich den Kopf gegen die Scheibe gelehnt.

Außer uns war kaum noch ein Auto unterwegs. Marten fuhr, so schnell es ging.

Meine Augen tun mir weh!

Wir sind bald da, Simon!

Die Straßen, die leeren Straßen brechen in meinen Kopf.

Was sagst du?

Mein Kopf zerbricht! Die Ordnung stürzt in das Gefühl und fasert aus!

Du gefällst mir überhaupt nicht. Was hast du getrunken?

Es brennt ... das Licht der Laternen ... schimmelt ... schimmelt giftgrün durch die Nacht. ... So giftig!

Da vorn geht's schon in die Altstadt, wir sind fast da!

Mein Herz versackt im Blutenbrand.

Die Häuser stürzen um!

Und meine Augen stürzen mit!

#miteinemgrußvomaltenalfredlichtenstein
#gehtsjetztinsbett

Und auf der anderen Seite der Nacht...

...trieb es ein Wesen aus einer anderen Dimension durch die leeren Straßen einer fremden, kalten Stadt. Es hatte einen Auftrag übernommen, der ihm schwerfiel. Nicht, weil es sich um den Hüter der Welt kümmern sollte, sondern weil es dies in dessen Wahrnehmungs-sphäre erledigen musste. Hier galten Regeln, die ihm fremd waren.

tief in den Nächten da beugt sich mein Herz voller Sehnsucht nach dir mein Berlin

Es musste eine feste Form annehmen.

Es gab sich ein Geschlecht.

Es wurde Er.

Er musste Wege in der dritten Dimension zurücklegen, die ihm umständlich erschienen.

Und er musste verstehen, wie Menschen die Zeit wahrnehmen.

Sie schwammen nicht in ihr. Sie konnten sich nicht beliebig durch sie hindurch bewegen. Zeit war kein Ganzes für sie, sondern eine Aneinander-reihung von Momenten, die sie nicht kommen sahen und sogleich wieder verloren.

Fremde mich fassen wolln Fremde die Gassen durch die Straßen geh hin durch die Straßen geh ich hin durch die Straßen

Seine Aufgabe musste in dieser Welt in einer Reihenfol-

48

ge unauflösbarer Schritte erfolgen. Der nächste konnte nur auf den vorherigen folgen
und der vorherige musste vor dem   nächsten getan sein, musste in der Ver-   gangen-
heit liegen, um seine Auswirkung   auf die Zu-
kunft zu entfalten.

Den ersten Schritt hatte er   soeben   vollbracht.
Er war dem Hüter be-   wusst geworden. Nun
musste er in seiner   Nähe bleiben, um im
richtigen   Moment eingreifen zu können, denn   sein Gegenspieler hatte ebenfalls einen Kontakt zum Hüter gefunden. Wenn es ihm erlaubt
gewesen wäre, hätte er den Anderen
ferngehalten. Aber es war
Teil seines Auftrags,   den zweiten Schritt
                      nicht vor dem ersten zu ge-
hen. Deshalb wartete er – gefangen
im menschlichen Konstrukt von Raum, Geschlecht und
Zeitwahrnehmung.

Noch unangenehmer aber war, dass diese Stadt
durchdrungen wurde von einer fremden Dunkelheit, die wie ein Lied durch die Straßen
schwang. Überall hatte sie sich breit gemacht.   Er spürte ihre Gegenwart
und tat alles, um   sich von ihr abzu-
schotten, damit sie seiner Prä-   senz   nicht
gewahr wurde. Wie lange ihm dies   noch gelang, konnte er nur vermuten. Aber er   hoffte,
dass die Zeit dieser Dimension ausreichte,   um seinen Auftrag zu erfüllen.

49

QUAND L'AMOUR MEURT

#marlenedietrich

Am nächsten Morgen wachte ich mit einem brummenden Schädel in meinem Bett auf. Schuhe, Jacke und Hose lagen auf dem Boden. ... Wie war der Abend doch gleich zu Ende gegangen?

#diggerhastdunenkater
#needasklingtkomisch #nochmal
#alterhastdunenkater

Mein Mund fühlte sich trocken an und schmeckte seltsam.

Wie geht es Ihnen heute Morgen, Simon?

Was? ... N.I.N.I.? ... Wo...

Ich liege direkt neben Ihnen auf dem Regal. Genau

dort, wo Sie mich gestern zurückgelassen haben.

Hör auf rumzuzicken.

Solch eine Ausdrucksweise bin ich nicht von Ihnen gewohnt.

Dann gewöhn dich dran oder krieg dich wieder ein. ... Was ist passiert?

Sie zeigen alle Symptome von übermäßigem Alkoholkonsum.

Kann nicht sein. Ich trinke nicht. ... Wie ... wie bin ich hierher gekommen?

Ihr Freund hat Sie nach Hause und ins Bett gebracht.

Marten? ... Der Hund hat mich gestern im *Johnny* hängen lassen wie einen Lappen auf der Leine.

Was bedeutet dieser Ausdruck?

Das heißt, er hat sich nur um sich selbst gekümmert und ich konnte am Rand stehen und zuschauen.

Diese Beschreibung scheint mir übertrieben zu sein. Schließlich hat er sich in der letzten Nacht ausgesprochen fürsorglich verhalten.

Was weißt du schon.

Offensichtlich mehr als Sie, wenn es um Ihre Ankunft in diesen Räumlichkeiten geht. Ihre Erinnerung wirkt ebenso angeschlagen wie Ihre Gesundheit.

Ach halt doch einfach die Klappe.

Simon!

#simon!!!!!

Simon, Simon, Simon – ich kann es nicht mehr hören und jetzt gerade will ich es auch nicht mehr hören. Scanne die Zeit und lass mich erstmal wach werden.

Wie Sie wünschen.

Geht doch.

Ich stand auf ... noch etwas wacklig auf den Beinen ... und schlurfte in den Flur raus. Draußen roch es nach frischen Brötchen. Anscheinend bereitete Marten das Frühstück vor und nach allem, was gestern passiert war, war das auch das Mindeste, was er tun konnte. Aber vor dem Essen wollte ich noch ins Bad. Auf dem Weg dorthin stolperte ich über unseren Schirmständer. Sofort erklangen Schritte in der Küche. Ich beeilte mich, um ins Bad zu kommen, ohne Marten sehen zu müssen. Die Tür knallte direkt hinter mir zu.

Achtzehn fühlte sich scheiße an und ein Blick in den Spiegel verriet mir, dass ich auch nicht viel besser aussah. Tiefe Ringe klafften unter meinen Augen. Ich sah blass und kränklich aus. Was war nur gestern passiert? Hatte mir irgendjemand etwas ins Wasser gemixt? Wen hatte ich überhaupt getroffen? ... Die Barfrau ... den Südländer ... Lars! Ich hatte einen unvergesslichen Moment mit Lars geteilt und er hatte mir seine Telefonnummer gegeben! ... Wo war die doch gleich? ... Er hatte sie mir in die Hosentasche gesteckt!

Ich rannte aus dem Bad in mein Zimmer und suchte meine Taschen durch. ... Nichts! ... Keine Nummer! ... Wo war dieser verdammte Zettel?

Alles klar bei dir?

Marten stand an der Tür.

Ja ... nein! Ich suche einen Zettel!

Einen Zettel?

Ja, mit einer Telefonnummer!

Gehört die zufällig zu einem gewissen Lars?

Woher...

Wer ist denn dieser Lars?

Hast du den Zettel?

Hier, der ist rausgefallen, als ich dir die Hose ausgezogen habe.

Gib her!

Ist ja gut. Da hast du deinen Zettel. Wusste ja nicht, dass dein Leben davon abhängt.

Nicht witzig!

Doch, eigentlich schon. ... Kommst du frühstücken?

Ja.

Wow, Begeisterung pur. Das wird sicher der beste Geburtstag aller Zeiten. Yeah!

Er verschwand in der Küche und ich zog mich an.

Simon?

Ja, N.I.N.I.?

Alles Gute zum Geburtstag.

Vielen Dank und bis später.

Auf N.I.N.I. hatte ich heute genauso wenig Bock wie auf Marten. Ich wollte viel lieber Lars anrufen und mit ihm den Tag verbringen. ... Ob er auch an mich dachte? Wenigstens so ein ganz kleines bisschen? ... Aber wie konnte ich die beiden loswerden? Marten und ich wollten in die Innenstadt und ich hatte N.I.N.I. versprochen, sie mitzunehmen. Vielleicht ergab sich ja beim Frühstück eine Gelegenheit, den Tag neu zu planen.

Marten hatte sich wirklich Mühe gegeben, dass musste ich ihm lassen. Es gab nicht nur Brötchen, sondern auch Eierkuchen.

#heißendienichtpfannkuchen
#nichtimostenderstadtduhonk

Na, wie geht's dir nach dem Absturz gestern? Ich hab dich noch nie besoffen erlebt. Aber wenn, dann gleich richtig, was?

Ich sag es gern noch einmal: Ich habe nichts getrunken außer Wasser. ... Vielleicht hat mir da jemand was reingekippt.

Das wär aber hart. Manchmal vergesse ich, wie Berlin drauf sein kann.

Tja, so ist das, wenn man zu einem Hinterwäldler wird.

Ey, nicht frech werden! Du hast zwar Geburtstag, aber alles lasse ich dir nicht durchgehen!

Wenn du meinst.

Was ist denn los mit dir? Seit gestern Abend bist du regelrecht zickig. Das ist doch sonst nicht dein Ding.

Keine Ahnung. Vielleicht bin ich sauer, weil mein bester Freund mir versprochen hat, mich bei meinem ersten Besuch im Gayklub zu unterstützen.

Und stattdessen habe ich – was – getan?

Du hast die ganze Aufmerksamkeit auf dich gezogen! Alle haben nur dich angestarrt und mich ausgeschlossen. Du hättest dich ruhig mal um mich kümmern können. Aber du hast nicht mal mitbekommen, dass ich irgendwann zur Bar hoch bin.

Simon. Ich habe getanzt. Die anderen haben mich überhaupt nicht interessiert. ... Hätte ich mitbekommen müssen, dass du weg warst? Ja. ... Tut es mir leid? Auf jeden Fall! ... Aber...

Aber?

Aber diese Lichter auf dem Boden, die waren regelrecht magisch. Ich war so gefangen in dem Rhythmus von Musik und Licht, dass ich alles um mich herum aus den Augen verloren habe. Und als ich dann endlich bemerkt hab, dass du nicht mehr da bist, habe ich mich sofort auf die Suche gemacht.

Zum Glück hatte ich trotzdem Gesellschaft.

Dieser Lars.

Sag das nicht so, der ist ... toll!

Vielleicht hat er dir was ins Glas gemacht, wenn ihr den ganzen Abend zusammen wart?

Du spinnst doch! Das würde er niemals tun! Lars ist super!

Ok. ... Sind wir ein wenig in Lars verliebt?

Ich ... vielleicht.

Simon, das freut mich wahnsinnig für dich!

Aber?

Nichts aber. Es freut mich. ... Und wenn du sagst, dass er dir nichts in den Drink gemixt hat, dann war es ein anderer.

Der Südländer!

Häh?

Da war noch so ein Südländer, der mich erst an der Bar angeschaut hat und dann ... dann bin ich später gegen ihn gestolpert ... oder hat er mich angerempelt? ... Egal. Der könnte es gewesen sein!

Und darauf kommst du, weil...?

Weil ich ihm zweimal begegnet bin und beide Male hatte ich so ein komisches Gefühl.

Naja ... vielleicht ist das so ein Weltenhüterding?

Kann sein. ... Aber wer weiß das schon? Bis jetzt hat sich nichts groß getan in Berlin. Er könnte einer dieser kleinen Dunkelweltler sein, die damals in Zollperding durchs Portal gekommen sind.

Finden wir es raus!

Nein. Ich habe Geburtstag und ich will heute nicht auf die Suche gehen.

Na gut. Deine Entscheidung. Dann lass uns jetzt fertig essen und danach geht's ab in die Stadt.

Zurück im Zimmer überlegte ich, wie ich diesen Tag noch irgendwie retten konnte. Ich musste Lars treffen, nichts anderes interessierte mich heute. Es war schließlich mein Geburtstag, mein Ehrentag! Aber N.I.N.I. und Marten – die konnte ich dabei nicht gebrauchen.

Ich nahm den Zettel mit der Telefonnummer und starrte auf die Zahlen. Lars anzurufen war nicht so einfach. Schließlich bekam N.I.N.I. alles mit. Wenn ich doch nur ... das alte Handy meines Vaters! Schnell suchte ich in der kleinen Abstellkammer neben der Wohnungstür in einer alten Kiste mit der Aufschrift Elektroschrott und tatsächlich fand ich das alte Motorola. Darin war eine Prepaidkarte und mit etwas Glück ... ja! Es gab noch ein Guthaben darauf! Ich flitzte zurück, um Lars zu schreiben, aber N.I.N.I. musste natürlich dazwischen plappern.

58

Simon! Haben Sie sich ein neues Mobiltelefon zugelegt? Sie wissen doch, ich stehe Ihnen jederzeit zur Verfügung!

Ich brauche etwas Privatsphäre. Deshalb besitze ich ein Zweithandy.

Genüge ich Ihren Ansprüchen nicht?

Doch. Aber ich will nicht, dass du alles von mir weißt. Manche Dinge möchte ich für mich behalten und deshalb gibt es dieses zweite Handy.

Aber dieses Gerät ist technisch ausgesprochen rückständig und schadensanfällig.

Das mag sein. Trotzdem erfüllt es seinen Zweck.

Ich könnte mich in sein System einklinken und es aktualisieren.

Untersteh dich! Ich verbiete dir, das Gerät zu überwachen! Haben wir uns verstanden?

Wenn das Ihr Wunsch ist...

Das ist mein Wunsch!

...dann werde ich Sie und Ihr Gerät nun nicht weiter belästigen.

Danke.

#dubistabergemeinheute
#wasstimmtdennnichtmitdir
#armeN.I.N.I.

Ich tippte meine Nachricht ein:

hey lars, simon hier. hättest du
lust, mich heute wiederzusehen?

Nach dem Senden wartete ich eine gefühlte Ewigkeit.
Aber dann kam die erhoffte Antwort:

simon! schön, dass du dich
meldest! klar hab ich lust auf dich.
hast du einen wunsch, was wir
machen sollen? ist schließlich dein
geburtstag.

hm, gute frage. wollen wir einen
tee trinken gehen?

ES IST DEIN GEBURTSTAG!!!
vorschlag: wir gehen auf den
weihnachtsmarkt am
neptunbrunnen und danach zu
mir, ok?

Mein Herz schlug bis zum Hals! Zu ihm nach Hause!

das klingt super. wann hast du
zeit?

von mir aus können wir uns um
zwei am eingang bei der
marienkirche treffen. bist du
dabei?

ja! bis dann! ich freu mich!

ich freu mich auch!

Der Tag war gerettet! Jetzt musste ich nur noch Marten loswerden.

Die S3 schlängelte sich Richtung Spandau durch die Stadt und wir saßen in ihr. Marten klebte wie ein aufgeregtes Kind an der Scheibe. Seit seinem Wegzug nach Zollperding hatte sich vieles in Berlin verändert. An der Friedrichstraße stiegen wir aus.

Ok, Simon, lass uns zum Potsdamer Platz laufen. So wie früher.

Ein so langer Spaziergang in dieser Kälte?

Das hat dir früher nichts ausgemacht. Du wirst doch nicht alt werden?

Sehr witzig. Hashtag: not!

Bitte keine Hashtags, wenn wir uns unterhalten. Die nutzt du schon viel zu oft in deinem Blog!

#meinterdasernst
#kannnichtsein
#dochichglaubschon
#mankannniegenug#sverwenden

Also schön, keine Hashtags

#schade

und ja zu einem Spaziergang in der Kälte.

Etwas mehr Begeisterung, Herr Brand!

Yay!

So mag ich das!

Wir marschierten los über die die Straße Unter den Linden in Richtung Leipziger. Früher gehörten solche Streifzüge durch die Stadt zu unseren regelmäßigen Ritualen. Eigentlich war es eine schöne Idee, das mal wieder zu machen. Aber heute hatte ich anderes im Kopf!

Es ist unfassbar, wie schnell sich die Stadt verändert. Berlin ist irgendwie immer in Bewegung. Ich meine, wie lange war ich nicht hier unterwegs – drei oder vier Monate?

Unternimmst du nichts mit Jenni, wenn du bei ihr bist?

Also ehrlich gesagt, haben wir besseres zu tun, als durch die Stadt zu laufen, wenn ich sie sehe – wenn du verstehst, was ich meine.

Ja, die Anspielung war billig genug, um sie zu verstehen. Aber wenn dich die Veränderungen in der Stadt so faszinieren, dann solltest du vielleicht mehr Zeit außerhalb von Jennis Bett verbringen.

Alter! Langsam reicht es!

Was denn, verstehst du keinen Spaß?

Doch. Aber nicht auf Kosten meiner Freundin. Das war voll unangebracht, Simon.

Weißt du, was unangebracht ist? Dass du mich an meinem Ehrentag so anmachst. Vor allem nach dem gestrigen Abend.

Jetzt geht das schon wieder los.

Ja, weil du mich verletzt hast. Und wenn du nicht aushältst, dass ich dir das sage, dann verbring halt keine Zeit mit mir.

Simon – wie oft soll ich es denn noch erklären? Es war keine Absicht!

Weißt du was? Lass es einfach. Keine Erklärungen mehr, keine Entschuldigungen. Lass uns einfach hier einen Cut machen.

Was soll das denn jetzt heißen?

Das heißt, dass ich keine Lust auf einen Spaziergang mit dir habe. Fahr zurück in die Wohnung oder geh was trinken. Das ist mir sowas von egal.

Ich versteh nicht, was...

Du verstehst es nicht? Brandenburger Abitur sag ich nur. ... Ach und tu mir einen Gefallen – nimm N.I.N.I. mit. Ich brauch ne Auszeit von euch beiden. Macht euch einen schönen Abend!

Mit diesen Worten drückte ich ihm N.I.N.I. in die Hand und verschwand im Getümmel der Jägerstraße, während Marten völlig überfordert zurückblieb. Endlich war ich frei! Endlich konnte ich mich mit Lars treffen und den Geburtstag haben, den ich mir wünschte!

Am Eingang zum Weihnachtsmarkt drängten sich bereits die Menschen, obwohl es früher Nachmittag war. Das Riesenrad im Hintergrund drehte seine ersten Runden. Der Geruch von gebrannten Mandeln mischte sich langsam mit dem schweren Duft von Glühwein, dazwischen erste Nuancen von Grünkohl. Ich wartete geduldig und schaute mir die vielen Marktbesucher an. Die meisten waren wohl Touristen, denn sie schossen unentwegt Fotos und ... Moment ... war das da in ihrer Mitte nicht der Typ aus dem Klub? Die dunklen Haare, der Bart und ... diese Augen ... natürlich, das musste er sein!

Als hätte er meine Gedanken gelesen, schaute er zu mir rüber. Das konnte doch kein Zufall sein! Erst im *Johnny* und nun hier – verfolgte er mich? Hatte Marten vielleicht recht gehabt und er war ein Dunkelweltler? Jetzt bereute ich es, N.I.N.I. nicht dabei zu haben. Ich musste ihn mir schnappen!

Die meisten waren wohl Touristen, denn sie schossen unentwegt Fotos und ... Moment ... der ... der Südländer! Er war weg! Ein Zeitsprung und...

Plötzlich tippte mir jemand auf die Schulter.

Hallo, Simon!

Lars! Du bist da!

64

Alles klar bei dir?

Was? ... Ja, natürlich ... ich freu mich, dass du gekommen bist!

Ist doch klar. Nach dem letzten Abend konnte ich deiner Einladung einfach nicht widerstehen.

Das Blut schoss mir in die Wangen.

Oh wie süß! Du wirst gerade rot wie eine Weihnachtskerze.

Äh ... also ... ich ...

#bringdochmaleinensatzzuendealter

Konversation ist nicht so deins, oder?

Doch. ... Ich bin nur einfach ... überfordert.

Von mir?

Nee, von mir selbst.

Oh ja, sweet little eighteen. Ich erinnere mich – die Lust, der Frust, die Irrungen und Wirrungen. ... Komm, lass uns über den Markt schlendern, vielleicht legt sich die Aufregung dann etwas.

Er hakte sich bei mir ein und wir schwammen mit den Menschen durch das aufgebaute Tor, vorbei an Tannen und Verkaufsständen mit Nussknackern, Räuchermännchen, leuchtenden Sternen oder Pfefferkuchen bis zum Riesenrad und eh ich mich versah, saßen wir in einer Gondel und fuhren aufwärts. Der Wind sauste leise und zwickte an den Ohren. Ich zog den Schal enger.

Ist dir kalt?

Ein wenig.

Komm her.

Er legte den Arm um mich und rückte näher.

Keine Stadt auf der Welt ist so sehr in Bewegung wie Berlin, immer frisch, immer neu. Ich liebe es! Ist der Ausblick nicht wunderschön, Simon?

Absolut.

Hey, du schaust ja nur mich an!

Der Ausblick genügt mir.

Da ist wohl jemand nicht mehr ganz so verwirrt.

Du hast ja keine Ahnung, Lars!

Ohne nachzudenken, küsste ich ihn. Seine Lippen schmeckten süß wie Zuckerwatte und ich verlor mich in ihnen, hing an ihnen, kostete jede Sekunde aus, die er mir schenkte und...

So, nun is aber langsam mal jut. Andere wolln ooch noch fahrn. Raus ausse Jondel!

#spielverderber

Wir lösten uns voneinander. Offensichtlich war die Fahrt schon vorbei. Mit einem Schulterzucken stand Lars auf und ich folgte ihm. Wir schlenderten weiter über den Markt, aber nun – Hand in Hand. Es war das erste Mal, dass ich jemanden hielt ... oder hielt er mich

... oder hielten wir uns gegenseitig? ... Ich spürte, dass uns die Blicke der anderen Menschen streiften, manchmal wohlwollend, doch oftmals abwertend. Aber das war mir egal. Ich wollte mich nicht verstecken, ich wollte den Moment genießen und Lars ließ sich schließlich auch nichts anmerken.

An einem der Fressstände teilten wir uns eine Portion Grünkohl mit Kassler und zum Nachtisch kaufte er mir einen feuerroten, kandierten Apfel.

Aber den gibt es erst, wenn wir bei mir sind!

Er küsste mich wieder und fuhr dann mit mir in der U-Bahn nach Marzahn raus. Ich war glücklich.

Währenddessen in Köpenick...

Marten Holm hockte auf dem Sofa. Vor ihm stand ein Holzbrett mit einer Stulle und im Fernsehen lief eine Folge Star Trek, Das nächste Jahrhundert. Doch in Gedanken ging er immer wieder die letzten vierundzwanzig Stunden durch.

Was war mit seinem besten Freund geschehen? Seit dem Abend im *Johnny* hatte sich ihre Beziehung verändert. Ständig stritten sie. Simon war regelrecht aggressiv ihm gegenüber.

Hast du eine Erklärung für Simons Verhalten, N.I.N.I.?

Erwartungsvoll blickte er das neben ihm liegende Smartphone an. Doch es gab keinen Ton von sich. Aus irgendeinem Grund konnte der kleine Apparat ihn nicht leiden.

Komm schon, du musst doch auch bemerkt haben, dass er sich verändert hat! Wäre es jetzt nicht an der Zeit, dass wir uns verbünden?

Das Mobiltelefon blieb stumm.

Seufzend wandte er sich wieder dem Fernseher zu. Der Klingone Worf sprang in dieser Folge durch verschiedene Paralleluniversen und musste sich immer wieder neu zurechtfinden.

Vielleicht ist er ja gar nicht unser Simon. Vielleicht

kommt er aus einem Paralleluniversum! Das würde vieles erklären. Was meinst du, N.I.N.I.?

Das kleine Gerät reagierte nicht.

Irgendwann wirst du mit mir reden müssen und weißt du, was ich dann zu dir sagen werde? Ich werde sagen: Endlich!

Der Fernseher wechselte den Sender.

Was soll das denn? ... Wo ist die Fernbedienung?

Der Fernseher wechselte den Sender.

Verdammt nochmal, wo ist das blöde Ding?!?

Der Fernseher wechselte den Sender.

Hektisch suchte Marten nach der schlanken Bedienung und fand sie schließlich zwischen den Sofakissen. Offenbar hatte er sich dagegen gelehnt und so den Senderwechsel ausgelöst. Genervt schaltete er zurück zu seiner Sendung und biss von der Stulle ab.

Paralleluniversum, hundert pro!

Er murmelte es in den Raum, wohl wissend, dass niemand ihm widersprechen würde.

Der Fernseher wechselte den Sender.

Man, das Ding ist voll verbuggt!

1101010100000111100011010110110101000010101010000001000100101011010101111000101010

101000100101010101010111100010 101 010011001100 01010101 010100 010101 010100110011100

010010011100111010101 scanne zeitgefüge 01000101011010010010011011

000101011100101110111 scanne zeitgefüge 01010010110001010101011011

11000101011011011110 scanne zeitgefüge 010100101 11100 01010 10101

11100 01010 10101 11100 010010 10101 111000 101101 10101 011101 000101 011001 010111

100010 101010 111100 010101 0101111000101010 10111100010 1010101111000101010 00101000

11010101 input umgebung   01000011

10001010   10100000

01000100 Hast du eine Erklärung für Simons Ver- 10101101

01011110 halten, N.I.N.I.?   00101010

10100010 analysiere input   01010101

01010111 re-aktion nicht erforderlich   10001010

1010011001100 0101 010100 0111100 01010 10101 11100 010010 10101 111000 101101 10101

011101 000101 011001 010111 100010 101010 111100 010101 0101111000101010 10111100010

101010111000101010 00101000100010 101010 111100 010101 0101111000101010 101111000100

010010011100111010101 scanne zeitgefüge 01000101011010010010011011

000101011100101110111 scanne zeitgefüge 01010010110001010101011011

                      scanne zeitgefüge
11000101011011011110   010100101 11100 01010 10101

11100 01010 10101 11100 010010 10101 111000 101101 10101 011101 000101 011001 010111

100010 101010 111100 010101 0101111000101010 10111100010 1010101111000101010 001010001

11010101 input umgebung   01000011

10001010   10100000

01000100 Komm schon, du musst doch auch be- 10101101

01011110 merkt haben, dass er sich verändert hat! 00101010

10100010 Wäre es jetzt nicht an der Zeit, dass wir 01010101

01010111 uns verbünden?   10001010

11010101 analysiere input   01000011

10001010 re-aktion nicht erforderlich   10100000

01000100 10101101 01011110 00101010 10100010 01010101 01010111 10001010011001 010111

100010 101010 111100 010101 0101111000101010 10111100010 1010101111000101010

70

00101000101000100 10101101 01011110 00101010 10100010 01010101 01010111 10001010011001

010111 100010 101010 111100 010101 0101111000101010 10111100010 101010111110001010 001

11011010101 analysiere daten der letzten 010101000011

10001101010 24 stunden 101011000000

01000100100 analyse komplett 101011010101

01011100110 ergebnis

verhalten auffällig 001010101010

10100001110 lageanalyse notwendig 010101101001

01010111011 mögliche einflussfaktoren 100010110110

11010101001 berechnen 010000110111

10001010 10100000 00101000101000100 10101101 01011110 00101010 10100010 01010101

01010111 10001010011001 010111 100010 101010 111100 010101 0101111000101010 10111100010

1010101111000101010 scanne zeitgefüge 00100101011010100100101101

00010101100101110111 scanne zeitgefüge 010100101100010101011101

11000101011011011110 scanne zeitgefüge 01010010101 11100 01010

10101 11100 01010 10101 11100 010010 101010 111000 101101 10101 011101 000101 011001

010111 100010 101010 111100 010101 0101111000101010 10111100010 1010101111000101010

00101000 input umgebung 11010101

01000011 10001010

10100000 Vielleicht ist er ja gar nicht unser Simon. 01000100

10101101 Vielleicht kommt er aus einem Parallel- 01011110

00101010 universum! Das würde vieles erklären. 10100010

01010101 Was meinst du, N.I.N.I.? 01010111

10001010 analysiere input 10100110

0110100 these beruht auf falscher 01110111

01010101 annahme 0111100

01000110 re-aktion nicht erforderlich 10110101

11100 010010 101010 111000 101101 10101 011101 000101 011001 010111 100010 101010 111100

0100010111100101010101 scanne zeitgefüge 110101000101111000101010

101111000101100110101 scanne zeitgefüge 00101000111010101010111

1010101111000101010 scanne zeitgefüge 00100101011010100100101101

00010101100101110111 0101001011000101010111101 110001010110101000010001000000101000

71

0110111100 010100101 11100 01010 10101 11100 01010 10101 11100 010010 101010 111000

101101110101010101011101 berechne mögliche 000101011001000100100111

100010101010001011111100 einflussfaktoren 010101010101111000101010

001000001010100101010100000101 01010101010101010000000101010101010101010000001010101

101111111011111101000010 scanne zeitgefüge 101010110011110001010010

101010010100100101010111 scanne zeitgefüge 100010101010101101010100

101010010100100101010111 scanne zeitgefüge 100010101010101101010100

110001010101011110001010101010111100010 101010111000101010101 010111 100010 101010

111100111111101011011111 0101010101011110001010101 101110101011100101000010 101010111100

011101010101010101010101010101000000100001010101010 00000001000000000000000101001 000100

11010101 input umgebung 11010101

11010101 11010101

11010111 Irgendwann wirst du mit mir reden müs- 11010101

11010101 sen und weißt du, was ich dann zu dir sa- 11010101

11010101 gen werde? Ich werde sagen: Endlich! 11010101

11010101 analysiere input 11010101

11010101 re-aktion nicht erforderlich 11010101

11010101 registriere energieschwankung im 11010101

11010101 system 11010101

11010101 re-aktion erforderlich 11010101

11010101 analyse energieschwankung 11010101

berechne aktionsmöglichkeiten

11010101 re-aktion erforderlich 11010101

11010101 aktiviere humorprogramm 11010101

11010101 übernehme steuerung television 11010101

11010101 aktiviere kanalsteuerung 11010101

101011010110001010111 1000101010101111000101010 10101111000101010101111100010

11010101 input umgebung 11010101

11010101 11010101

11010101 Was soll das denn? ... Wo ist die Fernbe- 11010101

11010101 dienung? 11010101

101010111000101010101 1010101000011111010101011011011 101011110001010101011100010

72

10101011110001010101 1010101000011111010101011011011 1010111100010101010111100010

10101011110001010101 101010100001111101010101011011011 11010101 01000011 10001010

10100000 01000100 10101101 01011110 00101010 10100010 01010101 01010111 10001010

111010101010101 analysiere input 010101011100011

101101010001010 re-aktion notwendig 101111001101010

110111010010101 aktiviere kanalsteuerung 010001110001011

0001010101111010101010101010101010101011000000111101010101001010101010100000101010 0

010100000001010101000001010111010101010100000111010101010110101010101000010101010 10

1010101010000010101010101010100000010101010101010000001010101010101010000011110

10001010 input umgebung 10100000

01000100 10101101

01011110 Verdammt nochmal, wo ist das blöde 00101010

10100010 Ding?!? 01010101

01010111 analysiere input 10001010

11010101 re-aktion notwendig 01000011

01010100 aktiviere kanalsteuerung 10100011

1010111000101010101 1111000 010101011110001010101 101010100001111010101011011011 0

01010100000000011110101010101000000101010101000001010101010101010100000101010101 00

0010101001010101001 11 scanne zeitgefüge 100101010100001010001 00

010101010101000010101 10 scanne zeitgefüge 0101010101010101010101 101

010101010101010100011 01 scanne zeitgefüge 0101010101010000101 1110

00101010 10100010 01010101 01010111 10001010 1010111000101010101110001 0

10101011110001010101 1010101000011111010101011011011 1010111100010101010111100010

10101011110001010101 1010101000011111010101011011011 1010111100010101010111100010

0010101010101000 analysiere zugriff auf 0010101010101000

0010101010101000 television 0010101010101000

0010101010101000 kanalwechsel zulässig 0010101010101000

10101011110001010101 1010101000011111010101011011011 1010111100010101010111100010

101010111100010101010101011010101000011111010101011011011001010111110010101000011 0

110101100101 01010111101011101000011 10110111100 1010 1010101011100000 010011001100100

101101110101101010101000011 101011010111000101010101111000 10 101010111000101010101

73

101010100001111101010101101011011 101011110001010101011110010 101010111000101010101

101010100001111101010101101110101010000101101011010101101000011111010101011011011

111010011010 input umgebung 111010011010

111010011010 111010011010

111010011010 Paralleluniversum, hundert pro! 111010011010

111010011010 analysiere input 111010011010
111010011010 these beruht auf falscher 111010011010
111010011010 annahme 111010011010
111010011010 re-aktion nicht erforderlich 111010011010
111010011010 re-aktion möglich 111010011010
111010011010 aktiviere kanalsteuerung 111010011010

111010011010 input umgebung 111010011010
111010011010 111010011010

111010011010 Man, das Ding ist voll verbuggt! 111010011010

111010011010 111010011010
111010011010 analysiere input 111010011010
111010011010 re-aktion nicht erforderlich 111010011010
111010011010 energieschwankungen infolge 111010011010
111010011010 re-aktion ausgeglichen 111010011010
111010011010 system funktioniert 111010011010
111010011010 erwartungsgemäß 111010011010
111010011010 re-aktion kann bei bedarf 111010011010
111010011010 wiederholt werden 111010011010
111010011010 deaktiviere humorprogramm 111010011010
111010011010 111010011010

111010011010 00101010100001010101010100010101010001010000101010101010101010101010

101010001010101010 berechne mögliche 101010001010101010
101010001010101010 einflussfaktoren 101010001010101010

101010001010101010 10101010101010101010 10101010101000001111010 1010101010101

101010001010101010 scanne zeitgefüge 101010001010101010
101010001010101010 scanne zeitgefüge 101010001010101010
101010001010101010 scanne zeitgefüge 101010001010101010

101010001010101010 10101001010101010 10000111101011011110 10101010100011101 0101010001

74

Zurück zu Simon...

Die Wohnung von Lars lag im achten Stock eines Mar-
zahner Hochhauses. Anders als bei uns zuhause waren
die Decken viel niedriger. Daran musste ich mich erstmal gewöhnen. Einerseits fühlte ich mich eingeengt, an-
dererseits hatte es etwas von einer Höhle und das war
gerade bei den kalten Temperaturen dort draußen
durchaus gemütlich. Die Einrichtung der zwei Zimmer
war überschaubar. Es gab ein Wohnzimmer mit Sofa,
Fernseher, Bücherregal, Arbeitsecke und einer seit drei
Jahren lebendigen Grünpflanze, wie Lars stolz anmerkte. Davon war eine kleine Küche durch eine dünne
Wand abgetrennt, die wiederum mit einer verglasten
Durchreiche versehen war. Das Essen konnte also direkt aus der Küche durch das Fenster ins Wohnzimmer
übergeben werden.

Möchtest du einen Tee haben, Simon?

Hast du irgendwas Fruchtiges?

Äh ... ja, einen Waldfrüchtetee.

Das klingt perfekt.

Sehr gut. ... Willst du mal auf den Balkon, bis alles fertig
ist?

Du hast einen Balkon?

Ja, hab ich. Und der Ausblick in Richtung Stadt ist ziemlich schön. Du kommst vom Schlafzimmer aus drauf.

Schlafzimmer? ... Alles klar.

Hey, das war jetzt kein Versuch, dich...

Nee, schon klar. Dann gehe ich mir mal den Balkon anschauen.

Da stehen Schuhe an der Balkontür, die kannst du anziehen. Draußen ist es saukalt.

Das Schlafzimmer war wesentlich kleiner als der andere Raum. Trotzdem reichte es für einen Kleiderschrank und ein etwas breiteres Bett. Ich ging zum Balkon, schlüpfte in das Paar Schlappen, das an der Tür stand, und trat dann raus in die Kälte.

Der Wind pfiff an der Hauswand entlang. In einer Lücke zwischen den anderen Hochhäusern stand, in der Ferne gut erkennbar, der Fernsehturm. Und weil es mittlerweile schon dunkel geworden war, leuchteten in den vielen kleinen Fenstern der anderen Wohnungen rundherum Schwibbögen und blinkende Lichter auf. Ich trat an das Geländer und schaute mir alles in Ruhe an. Am Hintereingang eines Hochhauses war eine Tanne mit einer Lichterkette geschmückt. Vor einem anderen Zugang stand eine Figurengruppe mit flackernden Lichtern, wahrscheinlich sollten es Kerzen sein und daneben ... hatte sich eine der Figuren gerade bewegt? Ich sah genauer hin. Im Schatten des Nussknackers stand doch jemand und blickte zu mir hinauf ... der Südländer! Schon wieder! Jetzt war ich sicher, dass es kein Zufall mehr sein konnte.

Kommst du rein? Der Tee ist fertig.

Gleich!

Was gibt's denn da zu sehen?

Hinter dem Nussknacker...

Ja?

Er ist weg!

Wer?

Da stand ... jemand.

Das ist ja auch nicht verboten. Hier sind oft Kinder im Hof unterwegs. Die lieben diese Weihnachtsfiguren, vor allem am Abend, wenn die Lichter an sind.

Das war kein Kind. Ich muss *dann alles* nach unten und nachsehen, wer...

Du wirst doch jetzt nicht da runter rennen und irgend- jemanden suchen, der schon längst ver- schwunden ist. Was soll das denn?

Du verstehst nicht...

Allerdings, das verstehe ich tatsächlich nicht. Komm lieber mit rein. Du bist schon ganz ausgekühlt.

Wir gingen zu- rück ins Schlafzimmer. Lars hatte den Tee neben dem Bett abgestellt und er zog mich direkt in die w e i c h e n Kissen.

Vergiss die Kinder da draußen, Simon.

Er küsste mich und ich schmeckte wieder die Süße seiner weichen Lippen und ... seine warme Hand, die langsam unter meinen Pullover wanderte. Ich zuckte leicht zusammen.

Zu schnell?

Nee ... ich ... das ist das erste Mal, dass...

Alles gut. Wir machen nichts, was du nicht willst!

Er zog seine Hand wieder zurück.

Nein, das ist schon ok. ... Ich sage rechtzeitig Stopp.

Ganz sicher?

Sicher!

Ich zog seine Hand wieder ran und er schob sie unter dem Pull- over hindurch auf meinen Bauch. Mein Herz klopfte wild. Mein Atmen beschleunigte sich. Dieses Gefühl, wenn er mit den Fingern über meine Haut strich, das war ... elektrisierend. Ich streichelte vorsichtig seinen Rücken. ... War das so in Ordnung? War es zu viel? ... Oder zu wenig? ... Wie machte man das alles überhaupt? ... Panik stieg in mir auf. Fernsehen, Bücher und ... ja, Pornos im Internet – das war das eine, aber die Wirklichkeit ... niemand bereitet einen auf die Wirklichkeit vor! Was mache ich hier überhaupt? ... Lars richtete sich auf, zog sein Shirt aus

#sheesh
#waseinkrasserbody

78

und dann meinen Pullover. Ich fühlte mich ... seltsam. ... Ich wollte das so sehr und zugleich hatte ich solche Angst, dass ich ihm nicht gefallen würde, weil ich nicht durchtrainiert war, weil ich jünger war, weil ich nicht wusste und konnte, was er wusste und konnte. ... Wahrscheinlich hatte er schon so krass viel Erfahrung und ich ... Er beugte sich wieder über mich. Sein Oberkörper berührte meinen und es fühlte sich so unfassbar gut an. Alles fühlte sich so gut an, wenn er mir nah war. ... Der Raum schwankte leicht. ... Lars küsste mich stürmischer und ich spürte seinen Herzschlag und sein Verlangen nach mir und ... was war das für ein Lied?

Hast du das gehört?

Was?

Dieses Lied!

Ich höre nichts.

Aber...

Simon?

Ja?

Wie wäre es jetzt mit dem kandierten Apfel?

Ich wollte nicht...

Keine Angst – ich weiß, wie das beim ersten Mal ist. Dein Kopf rast gerade und stellt sich tausend Fragen.

Ja.

Das ist ok!

79

Er küsste mich und verschwand kurz in der Küche. Dann tauchte er wieder mit dem Apfel auf. Ich fühlte mich flau im Magen.

Wie versprochen, gibt es den Apfel, wenn wir bei mir sind.

Er grinste und hielt mir meinen bevorstehenden Zuckerschock am Stiel hin und ich biss hinein. Der Apfel war knackig und schmeckte durch die Glasur süß, süß, süß und ... bitter.

Der schmeckt komisch.

Wieso?

Erst ist er süß und dann wird er bitter nach...

Mir wurde schwindlig. Alles um mich herum schien sich zu drehen.

Warte, ich *und das Leben blutet aus deinem Herzen heraus deinem Herzen heraus* hol dir Wasser!

Lars ging in die Küche. ... Ich versuchte ... aufzustehen und kippte nach vorn auf die Knie. ... Schritte ... die Scheiben im Wohnzimmer krach- *nutz sie aus* ten mit lautem Klirren ... Schritte ... *aus Simon Brand* Schmerzen! Mein Atem *sie aus* stockt, ich bekomme keine Luft mehr, meine *Brust nutz* Brust ... brennt ... alles brennt ... mir wird *in deiner* kalt ... ich blicke nach unten und sehe die *Schläge* Spitze eines Messers, die aus m e i - *und die letzten* ner Brust ragt, Blut strömt über meinen Bauch auf den Teppich ... ich drehe mich ... es wird dunkler ... Lars kämpft mit dem

80

Südländer ... ich stürze auf den Boden, das Messer stößt noch tiefer in mich, durch mich hindurch ... Lars ... Dunkelheit ...

denn es blutet das Leben aus deinem Herzen heraus aus dem Herzen heraus er hat ihn hergebracht wieso hast du ihn hergebracht

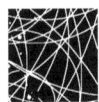

lebt er noch

seine vitalzeichen werden jeden moment versagen

sie wissen noch immer nicht wie die apparatur funktioniert

wir brauchen sofort diesen zeitsprung

das ist jetzt egal wir versuchen es trotzdem sonst war alles umsonst

ich überwache das zeitgerüst und du bedienst die backlever

alles klar bro

LEBEN OHNE LIEBE KANNST DU NICHT

#marlenedietrich

Ich fuhr hoch und schnappte nach Luft. Meine Lungen brannten, mein Herz raste, ich hatte das Gefühl zu ersticken. Meine Hände griffen an die Stelle, aus der eben noch eine Messerspitze herausragte. Nichts. Kein Messer, kein Loch, kein Blut. ... Wo war ich? ... Es war so dunkel. ... Neben mir regte sich etwas. ... Lars! ... Er schaltete ein kleines Licht an.

Ist alles in Ordnung, Simon?

Ich ... ich ... nein!

Was ist los?

Ein Messer...

Ein Messer?

In meiner Brust steckte ein Messer!

Das hast du geträumt!

Was?

Das war ein Alptraum!

Nein, es war real!

Er richtete sich auf und sah mich mit seinen blauen Augen an. Ob man wohl in solchen Augen ertrinken konnte? Sie waren so wunderschön, beinahe hypnotisch!

#verlorenimozeanseinesblickes

Hör mal, wenn das echt gewesen wäre, könntest du dann jetzt mit mir reden?

Du verstehst das nicht!

Mag sein. Aber ich hab eine Ahnung, was los ist.

Hast du?

Natürlich! Das ist alles meine Schuld!

Wieso ... was meinst du?

Ich hätte dir den Apfel nicht kaufen sollen. Der war bestimmt nicht mehr gut.

Der Apfel?

Erinnerst du dich noch, was passiert ist, nachdem du davon gegessen hast?

Äh ... ich habe eine Ahnung. Aber ... frisch mein Gedächtnis gern auf.

Dir ist richtig schlecht geworden. Ich hab erst ein Glas Wasser besorgt und als es nicht besser wurde, hast du noch eine Kopfschmerztablette genommen. Danach haben wir uns hingelegt und du bist in meinen Armen eingeschlafen.

Und das Fenster im Wohnzimmer?

Was soll damit sein?

Ist es ... ganz?

Natürlich. ... Wieso sollte es kaputt sein? ... Vielleicht sollten wir doch zu einem Arzt fahren.

Nee, schon gut. Du wirst recht haben – es war ein Alptraum. ... Ich fühle mich auch schon etwas besser.

Dann leg dich wieder hin.

Er machte das Licht aus und nahm mich in den Arm. Sein warmer Atem strich langsam über meinen Nacken.

Das nächste Mal kaufe ich die Süßigkeiten nicht mehr bei einem Südländer, der aussieht, als würde er mir eine reinhauen wollen.

Was für ein Südländer?

Der Typ auf dem Markt, bei dem ich den Apfel gekauft habe, das war so ein Südländer. Der wirkte extrem aggro. Ich glaube, der hatte einfach keinen Bock auf seinen Job. Keine Ahnung, ist doch auch egal. Das nächste Mal bekommst du den guten Süßkram. Versprochen!

Könntest du den Typen noch etwas genauer beschreiben?

Nicht wirklich. Das war so ein Allerweltssüdländer. Kennst du einen, kennst du alle. ... Können wir jetzt bitte schlafen? Ich bin müde!

Aber...

Simon, bitte!

Ja, ist ja gut.

Ich schloss die Augen und spürte die Wärme, die von Lars ausging. Seine muskulösen Arme hielten mich fest umschlungen, obwohl er schon wieder eingeschlafen war. Und auch ich fühlte mich plötzlich sehr, sehr müde. Aber ich irrte noch immer durch die leeren Gassen von Köpenick. Das Licht der Laternen pulsierte

pulsierte pulsierte pulsierte pulsierte
pulsierte pulsierte
pulsierte pulsierte pulsierte pulsierte
pulsierte

und ich folgte ihm, vorbei an der alten Kirche, vorbei am Rathaus über den Schlossplatz zum Schloss.

Dort standen die Türen weit offen

offen offen offen
offen offen offen
offen offen
offen offen offen

und ich betrat es, trat in dunkelgrün schimmernde Flure, die von grauen Zigarettenschwaden

Zigarettenschwaden
Schwaden   Zigarettenschwaden
Zigarettenschwaden Zigarettenschwaden
Schwaden   durchzogen wurden.

Die Treppen
        führten
            hinab
                hinab
                    hinab
                        hinab
                            hinab
                                hinab
                                    hinab
                                hinab
                            hinab
                        hinab
                    hinab
                hinab
            hinab
        hinab
            hinab
        hinab
    hinab
hinab hinab
        hinab
            hinab
                hinab   ins Kellergewölbe.

Ein verstimmtes Klavier klimpert.

Eine raue Frauenstimme singt undeutlich dazu.

Ich trete ein.

Klavier und Frau

von hinten   von hinten

Meine Füße tragen *tragen* tragen

tragen *tragen* tragen mich zu ihr.

Sie schaut mich an.

graublondgewelltes Haar *schwimmt* unter einem Zylinder

hervor

unter einem Zylinder hervor,

der zu ihrem Anzug mit dem weißen Hemd passt,

die Haut ist

faltig und grau

die Blume am Revers ist

verblüht

die Zigarette im Mundwinkel ist

halb abgebrannt.

Eine versoffene Marlene Dietrich schnarrt mich mit wa-
chen, blauen Augen an:

Was hast du dir dabei gedacht, hm?

Hast dich von ihm überrumpeln lassen, was?

Hast deine Aufgabe nicht erledigt!

88

Mein Mund spricht fremd:

Ich hatte ihn fast soweit.
Der Hüter dürfte nicht mehr am Leben sein.
Aber aus irgendeinem Grund kam es
zu einem Zeitsprung.
Es ist nicht mein Fehler,
wenn die Zeit nicht funktioniert.
Das Messer in seiner Brust...

Sie schlägt dazwischen:

hat ihn nicht umgebracht, nicht wahr?
Dabei steckte es schon so wunderbar tief in ihm.

Aber du hast es nicht tief genug hinein gestoßen.

Hast es nicht schnell genug getan!
Weil du dich unbedingt mit dem Anderen prügeln
prügeln
prügeln musstest.

Dass du dich nicht schämst!
Eine Aufgabe hast du.
Nur eine einzige Aufgabe. Nur eine einzige Aufgabe.
Nur eine einzige Aufgabe.
Nur eine einzige Aufgabe. Und du versagst kläglich!

Mein Mund spricht fremd:

Aber der Zeitsprung!

Sie sieht mich an.

Sie sieht mich an. Sie sieht mich an.

Sie sieht mich an.

Sie sieht mich an.

Sie sieht mich an.

Sie sieht mich an.

Das Klavier spielt verstimmt.

Ja, der Zeitsprung.

Damit war nicht zu rechnen, nicht wahr?

Mit allem, aber damit nicht.

Das Klavier schlägt ernste Töne an.

Du hast eine zweite Chance erhalten.

Mache es dieses Mal richtig.

Lass dich nicht hinreißen zu gewöhnlichen Prügeleien!

Vergiss nicht: Nur eine Aufgabe, den Hüter zu töten.

Das wirst du doch schaffen, nicht wahr?

Die Zigarettenschwaden ziehen mich zu ihr.

Schaffst du es?

Ich nicke. Sie küsst mich.

Das ist mein Junge!

aus dem Kellergewölbe hinauf hinauf hinauf hinauf hinauf hinauf

hinauf

hinauf

hinauf

hinauf

hinauf

hinauf

hinauf

hinauf

hinauf hinauf

hinauf hinauf

hinauf

hinauf

hinauf

hinauf

hinauf

hinauf

hinauf

die Treppen

Ich schwebte durch dunkelgrün schimmernde Flure, über den Schlossplatz, am Rathaus vorbei, über die Brücke in Richtung Innenstadt bis in das Bett von Lars.

Müdigkeit drückte mir die Augen zu.

Ich sank in die Tiefen eines traumlosen Schlafes.

#waszumteufelwardasdenn

Ich erwachte ... ausgeruht und ... fröhlich. Die Träume der vergangenen Nacht hallten nur noch wie das ferne Echo einer blassen Erinnerung in mir nach. Eine Erinnerung, die zunehmend von den Schleiern des Vergessens umhüllt und in unergründliche Tiefen gezogen wurde, während sich das Jetzt, das Erwachen im Bett eines heißen Typen zunehmend in den frischen Tag drängte.

#wiepoetisch
#dahataberjemandschreibengeübt
#eynichtunterbrechen
#istjagutalter #vollempfindlichheute

Das war der beste Morgen seit langer Zeit!

Ich schaute mich um. Lars war nicht da. Also stand ich auf und ging ins Wohnzimmer. Auf dem kleinen Sofatisch stand ein Tablett mit Geschirr, Brötchen, Marmelade, Butter, Teebeuteln und einem Zettel:

> Guten Morgen, du Schöner! Ich wollte dich nach der Aufregung der letzten Nacht nicht wecken, musste aber schon zur Arbeit. Lass dir das Frühstück schmecken und wenn du gehst, dann zieh die Tür einfach nur hinter dir zu. Sehen wir uns heute Abend?

Ich flitzte zurück ins Schlafzimmer, holte das Handy aus der Hosentasche und antwortete direkt:

> ja!!! auf jeden fall!!!

> ich meine ja, wir sehen uns!

Die Rückantwort kam prompt:

> das hab ich schon verstanden. ;)
> bis heute abend!

Mit einem breiten Grinsen zog ich mich an und machte mir anschließend Teewasser heiß. Das Brötchen schmeckte heute besonders gut, der Tee war ein Genuss und überhaupt – hier war es am schönsten auf der ganzen Welt!

#diebrilleistaberbesondersrosa

Doch als ich die Tür hinter mir zuzog, holte mich die graue Realität wieder ein. Der Weg nach Hause war lang und was würde dort auf mich warten? Ärger. Ärger mit N.I.N.I. und Marten.

Hinter der geschlossenen Wohnungstür herrschte Stille. Kein Mucks war zu hören.

Hallo? ... Marten?

Nichts. Keine Antwort.

Marten?

Ich schaute im Wohnzimmer nach und klopfte an der Badtür. Niemand war da. Auch mein Zimmer war leer. Sollte ich tatsächlich Glück haben und mich vor niemandem rechtfertigen müssen? Besser konnte es nicht laufen!

Mit frischen Klamotten unterm Arm schlenderte ich in Richtung Bad.

Na schau mal an, wer es endlich in die heimische Wohnung geschafft hat – der große Simon Brand.

Ich zuckte zusammen. Marten saß in der Küche und trank einen Tee. Neben ihm lag N.I.N.I. Also kam ich doch nicht so leicht davon.

Sorry, ich dachte, du bist nicht da.

Wo sollte ich denn sein?

Keine Ahnung. Unterwegs oder bei Jenni?

Ich bin nach Berlin gekommen, um mit dir Zeit zu verbringen ... um mit dir deinen achtzehnten Geburtstag ordentlich zu feiern.

Toll!

Echt jetzt, Simon? Ironie?

Blas dich nicht so auf. Ich war nur mal einen Abend nicht hier.

Sag mal, raffst du noch, was du hier abziehst? Wann bist du so ein Arschloch geworden?

#autsch
#schimpfwort
#deristsauer

Ich war schon immer so und wenn du mit meinem Lebensstil nicht klarkommst, dann hau doch ab! Geh zurück in dein Brandenburger Bauernkaff und genieß die Landluft. Ich kann gut auf deine Anwesenheit verzichten. Ich brauch dich nicht!

#doppelautsch

Du kannst mich mal, Simon.

Nee danke, dafür hab ich Lars.

In Martens Blick spiegelte sich eine Mischung aus Enttäuschung, Ärger und Verletztheit. Aber was hatte er denn erwartet? Er störte einfach. Er nervte.

Simon. Wir sind ein Leben lang beste Freunde und dieser Lars ... wie lange kennst du ihn? Einen Tag? Ich weiß, dass die erste große Liebe aufregend ist, aber deshalb lässt man seine Freunde nicht hängen!

Du lässt mich hängen!

Das ist Quatsch.

Tatsächlich? Warum freust du dich dann nicht für mich? Warum machst du Lars schlecht? Ich sag dir, warum.

Na los, tu dir keinen Zwang an.

Du bist eifersüchtig, weil sich meine Aufmerksamkeit zum ersten Mal nicht auf dich konzentriert.

Nein. Ich bin besorgt, weil du dich verändert hast.

Natürlich verändere ich mich! Ich bin verliebt!

Das ist es nicht.

Was ist es dann?

Ich weiß es nicht, verdammt! Aber du benimmst dich nicht, wie du selbst. Du bist launisch und verletzend. Alle deine liebenswerten Eigenschaften verschwinden hinter ... hinter diesem Typen, der hier vor mir steht, wer auch immer das ist. Aber er ist nicht mein bester Freund!

Schön, dass wir das beide so sehen. Wir sind anscheinend keine Freunde mehr. Also warum verpisst du dich nicht einfach aus meinem Leben?

Simon!

Pack deine Sachen und geh endlich!

Marten stand auf und schlich langsam an mir vorbei ins Schlafzimmer meiner Eltern, wo er alles abgestellt hatte.

Ich hörte ihn packen.

Dann kam er mit seinem Rucksack in den Flur.

Was immer mit dir los ist, Simon, ich hoffe, du bekommst es in den Griff. Pass auf dich auf!

Er schnürte die Schuhe fest und ging. Beim Zuziehen der Tür rief er noch:

Ach ja, euer Fernseher hat ne Macke, der muss repariert werden!

Dann war er weg.

Die Stille kehrte zurück.

Mit einer Mischung aus Erleichterung und Unwohlsein ging ich ins Bad, um mich frisch zu machen.

#waswardasdenn
#daraufkommichnichtklar
#ichmagdenstreitnicht

Nach der Dusche fühlte ich mich besser. Ja, Marten war mein bester Freund ... gewesen. Aber was hat man von einem besten Freund, wenn er sich nicht für einen freut? Ich fand es toll, als er mit Jenni zusammenkam ... ok, es war damals nach meinem ersten Zeitsprung etwas überraschend, aber ich fand es gut! Als wahrer Freund hätte er sich jetzt auch für mich freuen müssen. Stattdessen machte er Lars schlecht.

Simon?

In Gedanken war ich in die Küche und nicht in mein Zimmer gegangen. N.I.N.I. lag noch immer auf dem Küchentisch. Also dann – Runde zwei.

Was ist?

Nun, da Ihr Freund uns verlassen hat, muss ich mit Ihnen über meine Messwerte der letzten Nacht sprechen.

Das kann warten.

Nein, Simon, es ist unerlässlich, dass ich Sie jetzt darüber informiere.

Also schön – was gab es denn?

Meine Sensoren haben einen großen Zeitsprung aufgezeichnet, wie er nur stattfindet, wenn Sie einen Dunkelweltler bannen, der massiv in das Weltgeschehen eingegriffen hat.

Das ist überraschend.

Haben Sie einen Dunkelweltler gebannt?

Nein.

Gab es sonstige Vorfälle, von denen ich wissen müsste?

Ich ... ich glaube nicht.

Was ist mit dem von Ihnen beschriebenen Südländer?

Du meinst ... den ... ich ...

Ja?

Ich kann mich nicht ... erinnern ... oder ... doch ... da ist etwas passiert bei Lars ...

Bitte präzisieren Sie.

Der Südländer war da und ... es gab ... einen Kampf zwischen ihm und Lars!

Wo waren Sie?

Ich ... bin nicht sicher.

Haben Sie in den Kampf eingegriffen?

Ich weiß es nicht.

Haben Sie den Dunkelweltler gebannt?

Ich weiß es wirklich nicht.

Ihre Gedächtnislücken sind beunruhigend. Ich nehme einen Scan Ihrer Vitalzeichen vor.

Der Südländer ... war in der Wohnung. ... Aber das heißt ... dass Lars in Gefahr ist!

Diese Annahme ist sehr wahrscheinlich korrekt.

Dann muss ich sofort zu ihm!

Davon möchte ich abraten. Sie scheinen im Augenblick in keiner guten Verfassung zu sein. Ihre Gehirnaktivität ist auffällig verlangsamt und Ihre Blutwerte weisen...

Hast du gerade gesagt, dass ich dumm werde?

Das habe ich in keinem Fall ausgedrückt, ich...

Keine Zeit, N.I.N.I.! Ich fahre zurück zu Lars!

Simon! Sie müssen mich mitnehmen, damit ich Sie unterstützen kann!

Ich muss mich um Lars kümmern! Du kommst nach!

Simon, ich bin seit dem Verlust des Dickie Geländewagens nicht mehr mobil, wie Sie wissen. ... Simon!

Ich zog die Winterjacke an, warf den Schal um und sprang in die Stiefel. Dann klappte die Tür hinter mir zu und ich rannte zur S-Bahn.

110101010000011110001101011011010100001010101000000100010010110101011110000101010

10100010010101010101111100010 101 010011001100 01010101 010100 010101 01010011001110

11010101 analysiere lage   00000111
10001101 bewerte lage   01101101
01000010 überschreibe anweisung   10101000
00010001 stelle verbindung zu mobilem
         endgerät her   00101011
01010111 erweitere sensoreninput   10001010
10100010 starte überwachung vitalzeichen   01010101
01010111 scanne zeitgefüge   10001011
01001110 analysiere datenlage   10001110

01111101 0001100100110011100 01010101 010100 010101 01010011001110110101000011011110 111

Lars hatte mir geschrieben, dass er etwas früher von der Arbeit loskommen konnte. Deshalb waren wir im Innenhof der Hochhäuser verabredet. Aber als ich ankam, war er noch nicht da. Also schlich ich über den Hof, der recht groß war – beinahe wie ein kleiner Park. Fünf Häuser grenzten ihn ein und schufen einen Rückzugsort, der sicher im Sommer von vielen Kindern genutzt wurde.

Bis Lars kam, wollte ich mir die Figurengruppe anschauen, die man von seinem Balkon aus sehen konnte. Aus irgendeinem Grund weckte sie meine Aufmerksamkeit ... oder vielmehr ein Gefühl oder eine ... Erinnerung. Hier bei dem Nussknacker, da ... da hatte der Südländer gewartet! Ein Bild zog an mir vorbei. Sein Blick, der nach oben schaute. Hatte er uns später auch vom Balkon aus beobachtet? Hatte er uns zugesehen, als Lars und ich ... ein anderes Bild blitzte auf ... eine Frau, die mir irgendwie bekannt vorkam ... ein ... Filmstar, aber sie sah nicht gut aus und...

Simon! Ich hab dich schon gesucht.

Lars!

Gefallen dir die Figuren?

Naja, ein bisschen kitschig halt. Aber...

Ja?

Kannst du dich erinnern, dass ich sie mir gestern schon angeschaut habe?

Klar, vom Balkon aus.

Und ist mir dabei etwas aufgefallen?

Ich weiß nicht, was du meinst.

Da stand doch jemand!

Keine Ahnung, wenn du das sagst. Aber warum ist das so wichtig?

Weil ... ach egal. Ich pass auf dich auf.

Du passt auf mich auf? Wie nett.

Er nahm mich in den Arm.

Dann fühle ich mich ja jetzt besonders sicher.

Und er küsste mich.

Hand in Hand fuhren wir mit dem Fahrstuhl in seine Wohnung. Alles sah noch so aus wie am Morgen, als ich sie verlassen hatte.

Was war denn jetzt so wichtig, dass ich meine Arbeit früher beenden musste, hm?

Äh...

Und wovor willst du mich beschützen?

Das ist ... nicht so leicht zu erklären, weil...

Weil du nicht weißt, wie du die Sehnsucht nach mir in Worte fassen sollst?

Ähm ... genau! Du hast es auf den Punkt gebracht.

Und jetzt hast du Angst, weil du nicht weißt, wie es mit uns weitergeht und ob ich nur ein Flirt bin oder der

Richtige und du willst mich nicht verletzen und deshalb sollte ich lieber Abstand von dir halten, damit du mich vor einer Enttäuschung bewahren kannst.

Also ... du liest meine Gedanken, Lars!

Mensch, Simon. Ich bin doch auch unsicher. Aber da ist so viel Gefühl zwischen uns und ich will das unbedingt mit dir zusammen herausfinden, wohin uns das bringen kann. Und wenn du bereit bist, dann...

Ja, ich will!

Das war kein Heiratsantrag!

Ich will das mit dir herausfinden! Heiraten will ich dich nicht. ... Noch nicht.

Simon Brand! Du machst mich schwach.

Ich griff nach seiner Hand und zog ihn ins Schlafzimmer. Sein Shirt fiel neben meinen Pullover, die Hosen rutschten auf den Boden und er drückte mich in die Kissen und flüsterte:

Lass uns einfach da weitermachen, wo wir gestern aufgehört haben.

Seine warme, weiche Haut, die fein definierten Bauchmuskeln, die wie in Stein gemeißelte Brust – ich wollte alles berühren, alles spüren. Doch vor allem wollte ich seine Lippen kosten. Seine Küsse schmeckten immer so süß und echt. Er sah mich an, als könnte er meine Gedanken lesen und küsste mich. Unsere Zungen umkreisten sich und unsere Lippen verschmolzen miteinander.

Wir konnten und wollten nicht voneinander lassen. Er presste mich mit einer Kraft an sich, die nur Liebende aufbringen. Ich genoss jede Sekunde, verlor mich in diesem unendlichen Kuss und wurde dabei irgendwie langsam müde. Als ich meine schweren Augen öffnete, sah ich im Dämmerlicht den Südländer über die Balkonbrüstung klettern.

Er sah uns.

Ich musste ihn aufhalten!

Aber ich fühlte mich schwach, so als wäre meine ganze Lebensenergie in diesen einen Kuss geflossen. Die Welt um mich herum wurde dunkler, als ich versuchte, Lars von mir wegzudrücken, um ihn zu warnen. Doch ich schaffte es nicht, seine Arme waren zu stark, seine Lippen zu süß. Mein Herz schlug langsamer, ich bekam keine Luft, Lars rückte in weite Ferne, so wie seine Rufe:

Simon

Simon

Simon

Simon

Simon

Simon

Simon

Simon

Simon

Simon

Ich schnappte nach Luft, aber alles, was meine Lungen noch vollbrachten, war ein einziges Ausatmen. Dann fiel ich in eine schwarze Leere und mein letzter Gedanke an Lars zerfiel in sich selbst.

1101010100000111100011010110110101000010101010000001000100101011010101111000101010

1010001001010101010101111000 10 101 010011001100 01010101 010100 010101 010100110011111

11010101 input mobiles endgerät   00000111
1000110 analysiere daten   10110110
01000010 vitalzeichen weit unter normal   10101000

00010001001010110101011110001010 10100010010101010101011110001 101 010011001100

01010101001001110101110001111110011111010101110000111001110011101111110111011

110000 fordere input mobiles endgerät an   100110
001011 analysiere daten   111100
100111 vitalzeichen im kritischen bereich   110101

0100111011110110000101011110 1011000100011000010011000110 00100110111101101101010101

010100110011111101010100000111100011010110110101000010101010000001000100101011010

110000   100110
       fordere input mobiles endgerät an
001011 vitalzeichen null   111100
100111 sofortige aktion notwendig   110101
101111 berechne aktionsmöglichkeiten   000101
010101 keine aktion möglich   000100

101010101010111100010101010001001100010101010101001011101111111000101010101010101

010100110011111101011101010111110101011101111110111111000011111010101010111 0001111

11010101 input mobiles endgerät   00000111
10001101 analysiere daten   01101101
01000010 registriere massiven stromstoß   10101000

00010001001010110101011110001010 10100010010101010101011110001 101 010011001100

01010101 010100 010101 01010011001100 00101000011110100010 11010011110001001000111

110101   010000
       fordere input mobiles endgerät an
011110 analysiere daten   001101
011011 vitalzeichen reaktiviert   010100
001010 minimales niveau   101000

00010001001010110101011110001010 10100010010101010101011110001 101 010011001100

01010101 010100 010101 01010011001110100111101011 01101101011111011000111110111101

1101010100000111100011010110110101000010101010000001000100101011010101111000101010

105

101000100101010101010111100010 101 010011001100 01010101 010100 010101 010100110011111

11010101000001111000110101101101010000101010100000010001001010110101011110001010 10

101000 fordere input mobiles endgerät an 100101

010101 analysiere daten 010111

10001 registriere hohe zahl an entitäten 01010 1

001100 suche identifikationsmuster 110001

010101 010100 010101 0101001100111011101011101000 1101 01101010111001101011010101111

11010101000001111000110101101101010000101010100000010001001010110101011110001010 10

10100010 registriere anomalie 01010101

0101011 scanne zeitgefüge 1100010

10101001 analysiere daten 10011001

01010101 registriere zeitsprung stufe 4 01010111

00101011010101010 0101001100111101101 01 1001011110101101110 01101011110111011 1111

11010101000001111000110101 101101010000101010100000010001001 0110101011110001010 10

Ich schalte ein kleines Licht an. Meine Finger tasten über die Bretter. Ich taste die Griffe ab. Hier. Ich greife einen Griff. Ziehe ein Messer heraus. Kein Messer. Ein Loch, in dem ein Bild .... Wie war's wo. Neben mir liegt gesichert was? Larsel? Ich schaltete ein kleines Licht an.

Ist alles in Ordnung, Simon?

Ich ... ich ... nein!

Was ist los?

Ein Messer.

Ein Messer?

In meiner Brust steckt ein Messer.

106

Das hast du geträumt!

ordentlich zu feiern.

Toll!

nicht einfach aus meinen

Simon!

Das kann warten.

formiere.

Ich musste ihn aufhalten!

Er sah uns.

110101010000011110001101011011010100000101010100000010001001010110101011110001010100101010000100101010101010111100010 101 01001100100 01010101 010100 010101 01010011001101

11011010101	analysiere zeitgefüge	10111010000
01111010110	berechne zeitpunkt	00110110101
10111010101	rücklauf beträgt 15 stunden	10101011100
01011010101	scanne nach mobilem endgerät	10111100100
01000100100	analysiere daten	11010101110
11000101010	verbindung abgebrochen	1010001001

010101010101110001011010011101010100010011110010100010010001010101010000010101010
000010101010100000011111111010101010001010101010101010001110101111010100110011001100
01010101010010101010010011001110110101010000011100010110101101101010000101010100
0000100100100101101011110001010 10100010010101010101011110010 101 01001100100
010101010100010101010010011001111110101010000011100010110101101101010000101 010100

108

LEBEN OHNE LIEBE WIRST DU NICHT

#marlenedietrich

Ich zuckte zusammen und wurde wach. Neben mir regte sich etwas. ... Lars! ... Er schaltete ein kleines Licht an.

Ist alles in Ordnung, Simon?

Ich ... ich ...

Was ist los? Hast du schlecht geträumt?

Vielleicht ... keine Ahnung.

Oder hab ich geschnarcht?

Er richtete sich auf und sah mich mit seinen blauen Augen an. Ob man wohl in solchen Augen ertrinken konnte? Sie waren so wunderschön, beinahe hypnotisch!

#verlorenimozeanseinesblickes

#momentmal
#daskommtmirdochbekanntvor

Was immer es war, Simon, es soll uns nicht vom Weiter-
schlafen abhalten, oder?

Du ... hast recht.

Dann leg dich wieder hin. Ich halte dich.

Er machte das Licht aus und nahm mich in den Arm.
Sein Atem strich langsam über meinen Nacken. Ich
schloss die Augen und spürte die Wärme, die von ihm
ausging. Seine muskulösen Arme hielten mich fest umschlungen, obwohl er schon wieder eingeschlafen war.
Und auch ich fühlte mich plötzlich sehr, sehr müde,
denn ich schlich noch immer durch die leeren Straßen
Berlins. Das giftgrüne Licht der Laternen brach

r

a

c

brach sich am schimmligen
Nachthimmel. Mein Atem wolkte

wolkte wolkte Schwaden wolkte wolkte wolkte wolkte wolkte wolkte wolkte Schwaden wolkte wolkte wolkte wolkte Schwaden wolkte Schwaden wolkte Schwaden wolkte Schwaden wolkte wolkte wolkte wolkte Schwaden wolkte

in die Schwaden fremder Menschen.

110

Sie zogen, oft teilnahmslos, an mir vorbei, doch einige schauten mich wissend an, nickten, aber sprachen kein Wort, als ich in die T i

schwarzen Schachts e schwarzen Schachts
schwarzen Schachts f schwarzen Schachts
schwarzen Schachts   schwarzen Schachts
schwarzen Schachts e schwarzen Schachts
schwarzen Schachts n schwarzen Schachts
schwarzen Schachts   schwarzen Schachts
schwarzen Schachts e schwarzen Schachts
schwarzen Schachts   schwarzen Schachts
schwarzen Schachts i schwarzen Schachts
schwarzen Schachts n schwarzen Schachts
schwarzen Schachts e schwarzen Schachts
schwarzen Schachts   schwarzen Schachts
schwarzen Schachts s schwarzen Schachts
schwarzen Schachts   schwarzen Schachts
schwarzen Schachts s schwarzen Schachts
schwarzen Schachts   schwarzen Schachts
schwarzen Schachts c schwarzen Schachts
schwarzen Schachts h schwarzen Schachts
schwarzen Schachts w schwarzen Schachts
schwarzen Schachts   schwarzen Schachts
schwarzen Schachts a schwarzen Schachts
schwarzen Schachts r schwarzen Schachts
schwarzen Schachts z schwarzen Schachts
schwarzen Schachts   schwarzen Schachts
schwarzen Schachts e schwarzen Schachts
schwarzen Schachts n schwarzen Schachts
schwarzen Schachts   schwarzen Schachts
schwarzen Schachts   schwarzen Schachts
schwarzen Schachts S schwarzen Schachts
schwarzen Schachts c schwarzen Schachts
schwarzen Schachts   schwarzen Schachts
schwarzen Schachts h schwarzen Schachts
schwarzen Schachts a schwarzen Schachts
schwarzen Schachts   schwarzen Schachts
schwarzen Schachts c schwarzen Schachts
schwarzen Schachts   schwarzen Schachts
schwarzen Schachts h schwarzen Schachts
schwarzen Schachts t schwarzen Schachts
schwarzen Schachts s schwarzen Schachts
schwarzen Schachts   schwarzen Schachts
schwarzen Schachts f schwarzen Schachts
schwarzen Schachts i schwarzen Schachts
schwarzen Schachts   schwarzen Schachts
schwarzen Schachts e schwarzen Schachts
schwarzen Schachts l schwarzen Schachts
schwarzen Schachts   schwarzen Schachts
schwarzen Schachts   schwarzen Schachts

bis in ein seltsames Geräusch hinein.

Ein verstimmtes Klavier spielt Zornesklang.

Zorn   Zorn   Zorn
   Zorn   Zorn
              Zorn

Eine raue Frauenstimme.

Stimme Frau   Frau
          Frau   Stimme
Frau Stimme
          Stimme
Stimme   Frau   Frau

Eine versoffene Dietrich sieht mich an.

Ein kalter Blick.   Ein bitteres Lächeln.

Rauchig lallt sie:

So kurz davor, nicht wahr?

Er war schon beinahe tot.

Ich stammle fremdstimmig:

Sie waren zu dritt.

Ihre Augen stechen tief ins Herz:

Wer waren sie?

Fremde Antwort spricht mein Mund:

Er war dort, und der Lichte und das Gerät.

Ihre Augen reißen an meinem Herzen:

Natürlich war der Andere dort.

Aber er?

Du belügst mich doch nicht etwa, Darling?

Das würdest du nicht wagen, nicht wahr?

Mein Herz bricht:

Nein!

Bei meinem Sein beschwöre ich, dass es so war!

Sie raucht versunken.

Ihr Blick lässt locker.

Das Klavier klirrt:

Die Zeit verkehrt die Welt.

Eine Wiederholung drängt sich auf.

Wir werden diesen Vorteil nutzen!

Es wirkt bereits.

Du giftest mehr, verstehst du mich, Darling?

Du flutest Gift in all sein Sein

bis an das Ende seines Atems.

Schleim
Sie hustet gelben Schleim in eine Tasse.
Schleim   Schleim

Trink das!

Und was immer auch geschieht,

Ihr Blick versengt mich.

du wirst es zu einem Ende bringen!

Sie stößt mich in die Nacht und ich rausche

über Brücken

Straßen

Häuser

bis in das Bett von Lars. Müdigkeit drückte mir die Augen zu und zog mich in die Tiefen eines traumlosen Schlafes.

#waszumteufel

Ich erwachte ausgeruht und fröhlich. Schon lange hatte ich nicht mehr so gut geschlafen. Der gestrige Tag auf dem Weihnachtsmarkt und die Nacht mit Lars hatten sich so wunderbar angefühlt. Und nun aufzuwachen im Bett dieses heißen Typen – das war der beste Morgen aller Zeiten! So fühlte es sich also an, achtzehn zu sein!

#häh
#dastimmtdochwasnicht

Ich schaute mich um. Lars war nicht da. Also stand ich auf und ging ins Wohnzimmer. Auf dem kleinen Sofatisch stand ein Tablett mit Geschirr, Brötchen, Marmelade, Butter, Teebeuteln und einem Zettel:

> Guten Morgen, du Schöner! Ich wollte dich nicht wecken, musste aber schon zur Arbeit. Lass dir das kleine Frühstück schmecken und wenn du gehst, dann zieh die Tür einfach nur hinter dir zu. Sehen wir uns heute Abend?

Ich flitzte zurück ins Schlafzimmer, holte das Handy aus der Hosentasche und antwortete direkt:

> ja!!! auf jeden fall!!!

> ich meine ja, wir sehen uns!

Die Rückantwort kam prompt:

> das hab ich schon verstanden. ;) und ich freue mich wahnsinnig! soll ich etwas früher schluss machen?

> auf jeden fall!!!

Mit dem breitesten Grinsen zog ich mich an und machte mir Teewasser heiß. Das Brötchen schmeckte heute besonders lecker, der Tee war ein Hochgenuss und überhaupt – hier war es am aller schönsten auf der ganzen Welt!

#diebrilleistjanochrosaneralsvorher

Als ich die Tür hinter mir zuzog, holte mich die graue Realität wieder ein. Der Weg nach Hause war lang und was wartete dort auf mich? Ärger. Ärger mit N.I.N.I. und Marten.

Hinter der geschlossenen Wohnungstür herrschte Stille. Kein Mucks war zu hören.

Hallo? ... Marten?

Nichts. Keine Antwort.

Marten?

Ich schaute im Wohnzimmer nach und klopfte an der Badtür. Niemand war da. Auch mein Zimmer war leer. Sollte ich tatsächlich Glück haben und mich nicht rechtfertigen müssen?

Mit frischen Klamotten unterm Arm schlenderte ich in Richtung Bad.

Na schau mal an, wer es endlich in die heimische Wohnung geschafft hat.

Ich zuckte zusammen. Marten saß in der Küche und

trank einen Tee. Neben ihm lag N.I.N.I. auf dem Tisch. Also kam ich doch nicht so leicht davon.

Sorry, ich dachte, du bist nicht da.

Wo sollte ich denn sein?

Keine Ahnung. Unterwegs?

Ich bin nach Berlin gekommen, um mit dir Zeit zu verbringen ... um mit dir deinen achtzehnten Geburtstag ordentlich zu feiern!

Toll!

Echt jetzt, Simon? Deine Ironie kannst du für dich behalten.

Und du behalt deine Vorwürfe für dich! Brauchst dich gar nicht so aufzublasen. Ich war nur mal einen Abend nicht hier.

Wann bist du eigentlich so ein Arschloch geworden?

#autsch
#hattenwirdasnichtschonmal

Wenn du mit mir nicht klarkommst, dann hau doch ab! Geh zurück in dein Brandenburger Bauernkaff und genieß die stinkige Landluft. Ich kann gut auf dich verzichten. Ich brauche dich nicht!

#spoiler
#gleichgehtmarten

Du kannst mich mal, Simon.

Nee danke, dafür hab ich jetzt Lars.

Simon. Wir sind ein Leben lang beste Freunde und dieser Lars ... wie lange kennst du den? Einen Tag?

Du bist doch bloß eifersüchtig, weil es einen anderen Kerl in meinem Leben gibt!

Nein! Ich bin besorgt, weil du dich verändert hast!

Natürlich verändere ich mich! Ich bin verliebt! Und wenn du das nicht erträgst, dann verpiss dich aus meinem Leben!

Simon!

Pack dich!

Marten stand auf und schlich langsam an mir vorbei ins Schlafzimmer meiner Eltern, wo er seine Sachen abgestellt hatte.

Ich hörte ihn alles zusammensuchen.

Dann kam er mit seinem Rucksack in den Flur.

Was immer mit dir los ist, Simon, ich hoffe, du bekommst es in den Griff. Pass auf dich auf!

Er schnürte die Schuhe zu und ging.

Die Stille kehrte zurück.

#ichhabsdochgesagt
#vollderprophethier

Nach einer warmen Dusche fühlte ich mich besser. Ja, Marten war mein bester Freund ... gewesen. Aber was hat man von einem besten Freund, wenn er einen nicht unterstützt? Stattdessen machte er Lars schlecht.

Simon?

In Gedanken war ich in die Küche und nicht in mein Zimmer gegangen. N.I.N.I. lag noch immer auf dem Küchentisch. Also dann – Runde zwei.

Was ist?

Nun, da Ihr Freund uns verlassen hat, müssen wir über die letzten zwei Nächte sprechen.

Das kann warten.

Nein, Simon, es ist unerlässlich, dass ich Sie darüber informiere. Sie haben zwei massive Zeitsprünge erlebt und können sich offenbar an keinen erinnern. Das ist mehr als besorgniserregend!

Hör doch auf. Es gab keinen Zeitsprung und schon gar nicht zwei.

Simon! Sie und ich haben dieses Gespräch gestern schon einmal geführt. Sie gaben an, dass es einen Kampf zwischen einem Südländer und Ihrem neuen Gefährten gegeben habe.

Willst du damit sagen, dass Lars in Gefahr ist? Dann muss ich sofort zu ihm!

Davon rate ich ab. Sie sind in keiner guten Verfassung. Ihre Gehirnaktivität ist auffällig verlangsamt und Ihre

Blutwerte weisen Anzeichen eines starken Toxins auf. Außerdem konnte ich mit Hilfe Ihres neuen Mobiltelefons Ihre Vitalwerte überwachen.

Bitte was?

Sie waren für einen kurzen Zeitraum nicht am Leben.

Du hast mein Handy gehackt, obwohl du das ausdrücklich nicht tun solltest?

Haben Sie gehört, was ich zu Ihnen sagte?

Ja, du hast mich überwacht!

Sie waren tot, Simon!

So ein Quatsch! Das denkst du dir aus, um davon abzulenken, dass du mich bescheißt!

Ich bin Ihre Unterstützung im Kampf gegen die Dunkelweltler und nicht Ihr Feind!

Du bist ein Werkzeug, N.I.N.I.! Eine Bohrmaschine. Eine Zange. Ein Schraubenzieher. Mehr nicht!

#wiekannernursoetwassagen

Genug davon. Du bist wie Marten, einfach nur neidisch und dumm. Ich fahr jetzt zurück zu Lars!

Diese Reaktion beweist, dass Sie nicht mehr klar denken können.

Pass auf, was du sagst! Sonst landest du im Elektroschrott! Und jetzt mach ne Diagnose oder so.

Ich zog die Winterjacke an, warf den Schal um und

sprang in die Stiefel. Dann klappte die Tür hinter mir zu und ich rannte zur S-Bahn. Hier wollte ich keine Sekunde mehr bleiben.

01010101010100010101010100110011110110101010000011110001101011011010100001010101000

00001000100101011010101111000101010 1010001001010101010101111100010 101 010011001100

01010101010 analysiere daten der letzten 10001010101
01001100111 24 stunden 11111010101

10000011110001101011011010100001010101000000100010010101101010111100010101010

10100010010101010101011110001010111011110101111010110111101011110101010100110011000

01010101010 analysiere lage 10011010111
10101010101 bewerte ergebnisse 11100110101

10010111100110101011001011111100111101010100011010010101010101010100110011000111001101101

01000001111000110101101101010000101010101000000011111 101010101110111010010011101

010101010 überschreibe standardprotokoll 101000101
010101001 stelle verbindung zu mobilem 100111101
101010100 endgerät her 00011110

01101000101011110101101011011010100001010101000000100010010101101010111100010101010

10100101001010101010101111000101011110101111101001010101010101011 1010110100110001100

01010101010100010101010100110011111101010100000111100011010110110101000010101010100

00001000100101011010101111000101010 1010001001010101010101111100010 101 0100110011001

122

In einem anderen Teil der Stadt....

Marten Holm saß im Zimmer seiner Freundin und klagte ihr sein Leid:

Keine Ahnung, warum Simon so ein Idiot ist. Der ist völlig irre, seit er mit diesem Lars zusammen ist.

Jenni sah ihn an und lächelte verschmitzt:

Könnte es sein, dass du auf diesen Lars doch ein bisschen eifersüchtig bist?

Quatsch.

Komm schon, Marten! Seit zwei Stunden sprichst du nur über Simon. Ich meine, ja, er hat sich wie ein Arsch benommen, aber du weißt doch, wie das mit der ersten großen Liebe ist. Da vergisst man die Welt um sich herum. Und Simon musste auch noch sein Outing schaffen, bevor er sich überhaupt richtig frei verlieben konnte.

Ich hab nicht überreagiert!

Das sage ich ja auch nicht. Ich meine nur, dass du ein wenig mehr Verständnis für ihn haben könntest. Wenn sich die ersten Schmetterlinge im Bauch gelegt haben, könnt ihr wieder normal reden und dann wird alles zur Ruhe kommen.

Marten seufzte schwer. Er vermisste seinen besten Freund schon jetzt, obwohl er ihm zugleich in den Hintern treten wollte. Was war nur los mit Simon?

Das Pfeifen des Wasserkessels unterbrach seine Gedanken. Langsam stand er auf und ging in die Küche, um sich einen Tee aufzubrühen.

Jenni blieb derweil in ihrem Zimmer und schüttelte den Kopf über die beiden Jungs. Wann war es nur so kompliziert geworden? Wahrscheinlich, als Simon begonnen hatte, sich diese Geschichte vom Hüter der Welt ausdenken. Und natürlich war Marten voll darauf eingestiegen. Die beiden bildeten seit Ewigkeiten ein unzertrennliches Paar. Manchmal stand sie selbst sogar außen vor und genau deshalb konnte sie Martens Ärger so gut verstehen und wusste zugleich, dass sich andere Zeiten an dieses kleine Tal anschließen würden.

Das Vibrieren von Martens Smartphone weckte ihre Aufmerksamkeit. Simons Name und ein typisch peinliches Foto erschienen auf dem Display. Na bitte – das Tief war also schon vorüber. Sie drückte den Button zur Rufannahme:

Hi Simon, hier ist Jenni!

Eine weibliche Stimme antwortete ihr:

Verzeihung, ich möchte Marten Holm sprechen.

Wer ist denn da?

Ich bin nicht befugt, Sie darüber zu informieren.

Geht's noch? Ich will sofort wissen, wer Sie sind.

Eine Freundin.

Etwas genauer vielleicht?

124

Bitte reichen Sie mich an Herrn Holm weiter.

Was für eine Freundin ruft bitte unter Simons Nummer an? Ich frage noch einmal: Wer sind Sie?

Mit dem Tee in der Hand betrat Marten wieder das Zimmer und blickte in die misstrauischen Augen seiner Freundin:

Was ist los?

Da ist eine Frau am Telefon, die dich sprechen will.

Und wer ist es?

Das sagt sie nicht.

Ist sie nicht mit Namen gespeichert?

Sie ruft über Simons Nummer an.

Über Simons Nummer? Das ergibt keinen Sinn. Sein Telefon würde außer ihm niemanden verbinden, weil es ... gib das Telefon her!

Beinahe stürmisch riss er Jenni das kleine Gerät aus der Hand.

Hallo? Hier ist Marten!

Verzeihen Sie die Störung, Herr Holm, mein Name ist N.I.N.I., ich benötige Ihre Unterstützung.

Martens Augen begannen zu strahlen und seine Antwort bestand aus nur einem Wort:

Endlich!

Bitte kommen Sie umgehend in Simons Wohnung. Es ist ausgesprochen dringend.

Ich bin auf dem Weg!

Dann legte er auf und schnappte sich seine Sachen.

Wer war das, Marten? ... Und wo willst du hin?

Das kannst du demnächst in Simons neuem Blogeintrag lesen. Vorausgesetzt, ich kann ihm helfen!

Er küsste sie so zärtlich, dass sie für einen Moment ihren Argwohn und die leicht stichelnde Eifersucht vergaß. Als beide Gefühle zurückkehrten, hatte Marten ihre Wohnung bereits verlassen.

Vor einem Hochhaus in Marzahn....

Als ich bei Lars an- *ein letztes Tänzchen* kam, war er noch nicht da. Deshalb war- *Simon Brand* tete ich am Eingang seines *tanze mit mir heut Nacht* Hochhauses. Um nicht zu sehr auszukühlen, trat ich von einem Bein aufs andere und wieder zurück. Noch immer ärgerten mich die Gespräche mit Marten und N.I.N.I. – wieso waren die beiden so doof zu mir?

Eine Gruppe Kinder lärmte vorbei.

Lars war so ein toller Typ und alles, was sie konnten, war rumzunölen und sich darüber zu beschweren, dass ich nicht genug Zeit mit ihnen verbrachte. Wie sollte ich

126

mich denn da fühlen? Gegenseitige Rücksichtnahme sieht anders aus.

Ein junges Pärchen schnatterte *einen Tango* vorbei.

Und überhaupt – dann er- *die Hand für* fanden sie auch noch so komische Geschich- ten. Ich hätte mich ver- ändert und es hätte *reich mir* einen Zeitsprung gegeben. Alles Quatsch! Ich bin der Hüter der Welt! Wenn es einen Zeit- *und* sprung gegeben hätte, hätte ich ihn bemerkt. *der Ferne* Wahrscheinlich hatte der blöde kleine Com- *ganz nah in* puter eine Fehlfunktion,

komm mir

#meinteretwaN.I.N.I.

#ichglaubeermeintN.I.N.I.

na und bei Marten setzte es ja eh öfter aus.

Ein Typ mit südländischen Wurzeln schlich vorbei.

Hoffentlich kam Lars bald! Es wurde langsam kalt hier draußen.

Zurück in Köpenick...

Aufgeregt stürmte Marten Holm die Treppen hinauf. Auf diesen Moment hatte er einige Monate warten müssen. Endlich würde er Simons Werkzeug kennenlernen. Zum Glück hatte er vergessen, Simon seinen Schlüssel zurückzugeben. Daher war es ihm ein Leichtes, die Köpenicker Altbauwohnung zu betreten. Das Smartphone lag noch immer auf dem Küchentisch.

127

N.I.N.I.?

Ich grüße Sie, Herr Holm.

Du kannst Marten sagen!

Vielen Dank, Marten. Es freut mich, dass Sie so schnell hergekommen sind.

Ist doch selbstverständlich. Wenn du anrufst, muss es wichtig sein.

Das ist es in der Tat. Es gab zwei massive Eingriffe in den Zeitablauf und Simon hat keinen der beiden wahrgenommen – oder er kann sich nicht daran erinnern.

Aber das müsste er doch als Hüter der Welt!

Diese Annahme ist korrekt.

Also stimmt etwas nicht mit ihm. Ich hab's gewusst!

Auch diese Vermutung muss ich leider bestätigen.

Ist er aus einem Paralleluniversum?

Nein.

Schade.

Der Fall wiegt wesentlich schwerer. Simon wurde vergiftet und ist letzte Nacht verstorben.

Was!?! ... Aber ich hab ihn heute Morgen doch noch gesehen!

Das ist korrekt. Es gab zwei Ereignisse, die dazu beigetragen haben. Das erste war ein starker Stromstoß, der sein Herz wieder aktivierte. Das zweite Ereignis war der sich anschließende Zeitsprung.

Also hat ihm dieser Zeitsprung das Leben gerettet?

In Zusammenhang mit dem Stromstoß, ja. Hätte sein Herz nicht wieder begonnen zu schlagen, hätte auch der Zeitsprung keine Auswirkungen gehabt.

Ok. ... Und wie wurde er vergiftet?

Die Antwort auf die Frage, wie dies geschah, wäre rein spekulativ. Allerdings kann ich mit Sicherheit sagen, dass es ein Angriff der Dunkelweltler ist. Sehr wahrscheinlich wurde seine immunologische Abwehr überwunden, die ihn eigentlich vor solchen Übergriffen schützen sollte.

Du meinst so, wie damals bei mir in Zollperding?

Diese Analogie lässt sich durchaus ziehen, obgleich der Angriff auf einen Hüter der Welt wesentlich gravierender ist.

Autsch! Das tat weh!

Einen Hüter der Welt zu verlieren hat schwerwiegende Konsequenzen für die gesamte Erde.

Ja, ja, schon verstanden. Simon ist wertvoller als ich armes Menschenkind.

Der Wert Ihrer Existenz lässt sich nicht in Abgrenzung zu der eines Hüters der Welt bemessen. Sie haben Ihre eigene Bedeutung.

Das ist lieb. ... Aber wie können wir Simon jetzt helfen?

Wir müssen verhindern, dass er sein Leben erneut verliert und die Quelle der Vergiftung ausfindig machen.

Der Südländer!

Diese Vermutung liegt ausgehend von Simons bisherigen Aussagen nahe.

Wo ist Simon eigentlich? ... Nein, sag es nicht – bei Lars.

Korrekt.

Also dann machen wir uns mal auf den Weg und lernen seine neue große Liebe kennen. ... Du weißt doch, wo er wohnt?

Sein Wohnort ist mir bekannt.

Sehr gut, dann los!

Marten steckte N.I.N.I. in die Hosentasche und marschierte aus der Küche.

Verzeihung, Marten, aber der Ausgang der Wohnung befindet sich in der anderen Richtung.

Das weiß ich, aber ich wollte noch den Hammer aus Simons Zimmer holen.

Sie meinen den Hammer der Hüterin, den Simon während seines Auftrags in Ruhla an sich genommen hat?

Genau den meine ich.

Diese Waffe wird Ihnen keinen Nutzen bringen. Nur

ein Hüter der Welt kann sie aktivieren. In Ihren Händen wäre es einfach nur ein Hammer.

Wäre wahrscheinlich auch etwas zu einfach gewesen.

Marten drehte um, verließ die Wohnung und stieg in sein Auto. Gemeinsam mit Simons Werkzeug fuhr er nach Marzahn.

Vor einem Hochhaus in Marzahn....

Simon! Entschuldige, dass ich jetzt erst komme, aber du kennst ja die Zuverlässigkeit der öffentlichen Verkehrsmittel im Winter.

#BVGläuft

#S-Bahnehernicht

spielt laut die Musik auf für uns drehen wir uns im Kreise der Zeit

Alles gut, Lars. Hauptsache, du bist endlich da!

Wartest du schon lange?

Es geht.

Sicher? Zeig mal deine Hände. ... Boah, die sind ja eiskalt! Am besten stelle ich dich oben erstmal unter die Dusche.

Das klingt nach einem verlockenden Angebot – wenn du dabei bist!

Simon Brand! Du machst mich schwach!

Er gab mir einen Kuss und zog mich dann in den Hausflur. Hand in Hand fuhren wir mit dem Aufzug nach oben in seine Wohnung.

Irgendwo in Berlin...

Marten Holm fuhr durch das spätnachmittäglich dunkler werdende Berlin. Aufgrund der zunehmenden Kälte begannen die Straßen langsam glatt zu werden, weshalb er vorsichtiger fuhr.

Sie müssen schneller fahren, Marten.

Das geht nicht. Erstens sind hier dreißig, zweitens wird es dunkel und am wichtigsten ist drittens – die Straßen werden glatt.

Aber jede Sekunde, die wir früher ankommen, könnte entscheidend bei der Rettung von Simons Leben sein.

Das weiß ich und es setzt mich auch gar nicht unter Druck, aber Sicherheit geht vor.

Dürfte ich Sie vielleicht mit meinen technischen Fähigkeiten unterstützen und damit zugleich unsere Ankunftszeit um eine viertel Stunde reduzieren?

Wenn du eine Abkürzung kennst, dann sag an, wo ich lang soll!

Es ist keine Abkürzung.

Sondern?

Bitte halten Sie sich genau an meine Anweisungen.

In Ordnung.

Erhöhen Sie die Geschwindigkeit auf 100 km/h.

Auf gar keinen Fall! Dann verliere ich meinen Führerschein!

Sie können sicher sein, dass ich alle notwendigen Schritte einleite, um dies zu verhindern.

Und wenn wir ins Rutschen geraten?

Das wird nicht geschehen.

Und was ist mit roten Ampeln?

Ich habe mich in die Verkehrsüberwachung eingeloggt und kontrolliere bereits die Lichtzeichenanlage sowie alle auf unserem Weg befindlichen Überwachungssysteme. Außerdem scanne ich die wetterbedingten Straßenverhältnisse in einem Umkreis von fünfhundert Metern.

Wow!

Würden Sie nun bitte unsere Geschwindigkeit auf den angegebenen Wert erhöhen?

Ok ... aber du musst mir versprechen, dass wir sicher ankommen und ich in keine Kontrolle gerate.

Sie können sich auf mich verlassen.

Mit einem unguten Gefühl drückte Marten Holm das Gaspedal seines Autos etwas stärker durch. Die Tachonadel wanderte langsam in Richtung 100 und verharrte schließlich dort. Die Häuser und Menschen schossen an ihm vorbei. Zugleich lichtete sich der Verkehr und jede Ampel, die er erreichte, wechselte für den Moment seiner Durchfahrt die Farbe.

Wieso ist die Straße so leer?

Ich leite den Verkehr um. Bitte reduzieren Sie die Geschwindigkeit auf 80 km/h, in 300 Metern kommt eine glatte Stelle auf der Fahrbahn.

Verstanden.

Erhöhen Sie nun wieder auf 100 km/h.

Wird erledigt.

Sie rasten an einem Polizeiauto vorbei, das augenblicklich sein Blaulicht einschaltete und die Verfolgung aufnahm.

N.I.N.I.! Du hast gesagt, dass ich meinen Führerschein nicht verlieren werde!

Diese Aussage hat weiterhin bestand, schließlich tragen Sie ihn sicher verwahrt in Ihrem Portemonnaie.

Was?!? Soll das ein Scherz sein!?!

Ja. Ich teste an Ihnen mein Humorprogramm. Fanden Sie meine Aussage amüsant?

Nein! Du machst mir Angst!

Diese Reaktion habe ich weder erwartet noch beabsichtigt. Ich werde die Algorithmen anpassen.

134

Schön und gut, aber was machen wir nun mit der Polizei hinter uns?

Konzentrieren Sie sich bitte auf die Straße, ich übernehme die Elektronik des Polizeiautos.

Nur wenige Sekunden vergingen und Licht- wie Alarmsignal erloschen. Der blau gestreifte Wagen rollte langsam aus und blieb schließlich weit hinter ihnen zurück auf der Straße stehen. Marten atmete durch, folgte den weiteren Anweisungen der künstlichen Intelligenz und bog schließlich zwölf Minuten später in die Straße ein, in der sich die Wohnung von Simons Liebschaft befand.

Währenddessen in einem Hochhaus in Marzahn....

Lars hatte mich tatsächlich allein unter die Dusche geschickt und uns in der Zwischenzeit einen Tee gekocht. Nun saßen wir zusammen auf seinem Bett und obwohl ich ihn erst einen Tag kannte, spürte ich, dass heute ein ganz besonderer Abend bevorstand. Es würde diese eine Nacht sein, auf die ich schon so lange gewartet hatte und deshalb war ich aufgeregt und gleichzeitig nervös.

#tonightsthenight

Während ich in meiner Unterhose mit einem Bademantel vor ihm hockte, war Lars noch komplett angezogen.

Er nahm meine Hand.

Simon, es ist schön, dass wir uns so schnell wiedersehen konn- ten. Ich weiß, dass kann einem manchmal Angst machen, gerade am Anfang, aber die
Zeit mit dir zusammen ist so...

...unfassbar er- füllend! So geht's mir auch,
Lars. Ich genieße einfach jede Sekunde,
die wir miteinander ver- bringen. In diesen
Momenten wird irgendwie alles andere unwichtig.

Du bringst es auf den Punkt.

Darf ich dir etwas sagen?

Na klar, Simon, was immer du willst.

Ich ... ich hab lange darüber nachgedacht und ich wollte dich ... also ... könntest du dir vielleicht vorstellen ...
dass wir ... dass du mit mir ... zusammen ...

Lass es gut sein, Simon. Natürlich würde ich gern mit
dir schlafen.

Er zog sein Shirt und die Hose aus und streifte dann
meinen Bademantel ab. Nur noch in Shorts saßen wir
uns gegenüber. Ich fühlte mich ...
seltsam. Ja, ich wollte das,
aber ich war so unglaub- lich nervös, dass ich
i h m nicht gefal- len könnte. Vor mir saß
e i n Typ mit einem Körper wie
eine an- tike Statue und ich ... aber er ließ
mich in keiner Sekunde spüren, dass er mich auch nur
einen Moment lang nicht attraktiv finden könnte. Er

136

beugte sich rüber zu mir, drückte mich in die Kissen und küsste mich. Unsere Körper lagen Haut an Haut. Ich spürte seine Wärme und noch etwas anderes, das sich in seiner Shorts regte. Er richtete sich wieder auf, zog sein letztes Kleidungsstück aus

#sheesh
#wasfüreinwunderschöner

und lehnte sich zu mir, küsste meinen Bauch, rutschte langsam tiefer und streifte schließlich auch meine Shorts runter. Dann verschwand er zwischen meinen Schenkeln und ich stöhnte voller Lust auf.

#szenenwechselbitte

und ich lege dich nieder du atmest nicht mehr nach diesem Tango

Vor einem Hochhaus in Marzahn....

Marten sprang mit N.I.N.I. in der Tasche aus dem Auto.

Welches Haus ist es?

Sie müssen in den Hinterhof und dann rechts zum zweiten Eingang. Die Wohnung befindet sich in der achten Etage.

Er rannte los, durchquerte den Weg zum Hof, wandte sich nach rechts und erreichte die zweite Haustür. Als er nach oben blickte, sah er eine Gestalt, die an der Fassade entlang kletterte.

Das muss der Südländer sein, N.I.N.I.!

Ich vermute, dass Sie recht haben.

Du vermutest es?

Aus irgendeinem Grund ist es mir nicht möglich, eindeutige Werte zu erhalten. Wir müssen näher an ihn heran.

Ich fürchte, er und wir haben dasselbe Ziel. Du dürftest also gleich sehr genaue Scans erhalten! Kannst du die Tür öffnen?

Selbstverständlich.

Es summte und Marten betrat den Hausflur. Mit Schwung nahm er die ersten Treppenstufen und stürmte los.

Sie könnten den Fahrstuhl nutzen!

Ich bin schneller ... als der Fahrstuhl ... und du hast gesagt, dass es ... um ... jede Sekunde ... geht!

Ihre Fitness ist für ein menschliches Individuum Ihres Alters bemerkenswert. Ich werde Simon darauf hinweisen, sich ein Beispiel zu nehmen.

Stufe für Stufe, Stockwerk um Stockwerk kamen sie der Wohnung von Lars näher. Doch ihr Gegner an der Außenwand kletterte schneller, als ein menschliches Wesen es je gekonnt hätte. Der Wettlauf war noch nicht verloren, aber er war auch nicht zu gewinnen.

Währenddessen in einem Hochhaus in Marzahn....

Kleine Schweißperlen liefen von meiner Stirn auf die Kissen, mein Herz raste, mein Atem ging schneller. Langsam rutschte Lars wieder höher, ich spürte, wie die Härte seiner Lust sich gegen meinen Oberschenkel presste.

#ichkanngarnichthinsehen

#ichauchnicht

#ichfindsporno

Ich umschlang ihn und zog seine *und ich* Lippen auf meine. Sein Kuss war wild *und ich lege dich nieder und erheb mich zugleich du bist lebensarm und* und unersättlich. Unsere Zungen- spitzen tanzten Tango, ließen nicht mehr voneinander ab, sondern wirbelten umeinan- der. Ich liebte dieses Spiel und spürte zu- gleich, dass es mich Kraft kostete. Nur ein ein- ziges Mal in meinem Leben hatte ich ein ver- gleichbares Gefühl verspürt – als ich gemeinsam mit Ing versuchte, die dunk- le Dimension zu verlassen.

Glas splitterte, die Kälte des Abends drang wie ein Schlag ins Schlafzimmer

#nichtschonwieder

und nebenan krachte die Wohnungstür ohrenbetäubend aus den Angeln.

#daswarletztesmalnichtso

Doch alles das nahm ich kaum noch wahr, denn ich sank immer tiefer in einen endlosen Schlaf, der mich mit offenen Armen empfing, während weit entfernt die letzten Klänge eines alten Liedes verschwammen.

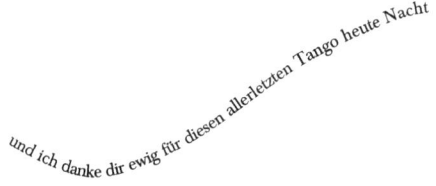

und ich danke dir ewig für diesen allerletzten Tango heute Nacht

Vor einer Wohnung in einem Hochhaus in Marzahn....

Als sie das achte Stockwerk erreichten, hörten sie, dass in einer der Wohnungen eine große Scheibe zersprang.

Sie müssen zur Nummer acht Punkt drei und verlieren Sie keine Zeit!

Marten stürmte los und warf sich mit Anlauf gegen die Wohnungstür. Sie krachte nach innen. Im Lauf griff er nach einer Betonschale, die auf einem kleinen Wandbord stand, und trat ohne zu zögern die Tür zum Schlafzimmer ein.

140

Simon und Lars lagen ineinander verschlungen auf dem Bett und küssten sich. Gleichzeitig erreichte der Südländer Lars, griff nach ihm und zerrte ihn von Simon fort.

Marten holte mit der Schale aus, um den Südländer niederzuschlagen. Er wusste nicht, ob er irgendetwas ausrichten konnte, aber er musste es versuchen!

Stopp, Marten!

N.I.N.I.s Stimme ließ ihn innehalten. Aber was sollte das? Sie mussten doch Simon retten!

Schauen Sie sich Lars an!

Marten betrachtete den nackten Mann genauer. Zähe Schleimfäden zogen sich von seinen zu Simons Lippen und große, gelbe, glibbrige Brocken flossen aus seinem Mund.

Der Südländer riss Lars auf die Beine und schlug ihn an Marten vorbei durch die Schlafzimmerwand ins Wohnzimmer. Marten folgte beiden, nahm aber lieber die Tür. Im Nebenraum erhob sich Lars, als wäre nichts geschehen, schüttelte den Schutt ab und sprang dann lauthals lachend durch das Wohnzimmerfenster nach draußen. Der Südländer musterte Marten kurz und kehrte ins Schlafzimmer zurück. Er beugte sich über Simon.

Ich seh nicht mehr durch, N.I.N.I.! Wer ist er und was macht er da?

Der junge Mann legte Simon zärtlich eine Hand auf die Wange und presste dann seine Lippen auf dessen Mund.

Simons Lebenszeichen sind sehr schwach, Marten.

Das sehe ich. Aber nochmal: Was macht der Typ da mit ihm und wer verdammt ist er?

Der Südländer richtete sich auf, spuckte eine große Menge gelben Schleims aus und hob Simon anschließend aus dem Bett. Durch das zerschlagene Fenster verschwand er mit ihm in der dunklen Kälte Berlins.

N.I.N.I.? Muss ich noch ein drittes Mal fragen?

Nein, Marten. Der Südländer, wie Sie ihn nennen, ist Ing. Und wahrscheinlich ist er der einzige, der Simon noch helfen kann. Aber was er hier in Ihrer Welt macht, kann ich Ihnen nicht erklären. Es verstößt gegen die Regel der Nichteinmischung, die ein zentraler Bestandteil des Vertrages zwischen beiden Seiten ist.

Ich dachte, die lichte Seite hält sich so gut wie immer an diese Vereinbarung.

So ist es normalerweise auch.

Ratlos blieben Marten Holm und N.I.N.I. in der zerstörten Wohnung zurück.

#ichweißdasistnichtunsereschreibebene
#aberkönnenwirkurzdarübersprechen
#dassingzurückist

#neindaskönnenwirnicht
#denndasistnichtunsereschreibebene
#rausausdemschreibverkehr

#schade

FALLING IN LOVE AGAIN

#marlenedietrich

Als ich nach einem traumlosen Schlaf erwachte, lag ich auf weichem Moos unter einer riesigen Eiche. Dank der Sonnenstrahlen, die durch das Blätterdach brachen, war es angenehm warm.

#beileninsbartsimonlebtnoch
#aberesistdochwinter
#wennernochlebtisternichtinberlin
#schlussmitdenspekulationen
#weiterlesen

Ich fühlte mich schwach und ausgelaugt, so als wäre ich einen nie endenden Marathon gelaufen und hätte dabei ... Lars! ... Wo war Lars? ... Und wo war ich überhaupt?

Vorsichtig richtete ich mich auf. Der Ort kam mir bekannt vor ... die Eiche erinnerte mich an mein erstes Abenteuer. Aber das konnte nicht dieselbe Eiche sein, denn ich war doch in Berlin ... oder nicht? ... Im Augenwinkel bewegte sich etwas. Mein Kopf schnellte herum ... autsch ... mir wurde schwindlig und ich fiel zurück ins Moos. Ganz offensichtlich war ich nicht gut drauf.

Ein Gesicht beugte sich über mich – der Südländer! Ich musste mich verteidigen ... aber womit? Ich wollte in meinen Hosentaschen nach N.I.N.I. suchen und merkte erst jetzt – ich war nackt!

Langsam lehnte er sich zurück an den Stamm der Eiche. Ich drehte mich vorsichtig zu ihm und zog die Beine an, um mich nicht so verletzlich zu fühlen.

Wie wird es dir ... entschuldige ... wie geht es dir?

Ich ... hätte gern Kleidung und ich will wissen, wo ich bin und wer du bist!

Zum ersten Mal sah ich ihn lächeln. Sonst hatte er immer nur sehr ernst oder wütend geschaut.

Du erkennst mich nicht?

Nein! Sind wir uns schon einmal vor all dem hier über den Weg gelaufen?

Ich betrachtete ihn misstrauisch. Schon bei unserer ersten Begegnung hatte ich das Gefühl gehabt, dass wir uns nicht fremd sind. Irgendetwas in seinen Augen bewegte mich ... ich sah genauer hin ... dieser Blick, das Lächeln ...

Ing?

Er strahlte mich an und nickte.

Aber ... was machst du hier? ... Und wo ist – hier?

Wir sind in einer Dimensionsfalte. Ich musste dich vor den Dunkelweltlern verstecken. Sie werden dich beinahe ... nein ... bei euch heißt es, sie hätten dich beinahe getötet.

Was? ... Das kann nicht sein. Ich war doch in keinen Kampf verwickelt!

Manche Kämpfe werden lautlos geführt.

Das verstehe ich nicht. ... Wie wollten sie mich töten?

Der Dunkelweltler, mit dem du zusammen warst, hat dich...

Ich war mit keinem Dunkelweltler zusammen! Das wäre mir doch aufgefallen!

Mich hast du auch nicht erkannt, obwohl wir uns mehrmals begegnet sind.

Du hast ja auch Lars angegriffen und ich dachte, ich müsste ihn vor dir ...

#jetztmachtsklick

Nein! ... Lars?

Ing nickte langsam.

147

Aber ... wie?

Er hat deine Immunabwehr geschwächt, die dich vor dem Einfluss der dunklen Seite bewahren soll, und dann hat er dir ihr Gift eingeflößt.

Er hat mich vergiftet?

Ganz langsam. Er hat dich von deinen Freunden getrennt und dann versucht, dich zu töten. Ich konnte beim dritten Mal gerade noch rechtzeitig eingreifen.

Beim dritten Mal? Wie oft hat er ... nein, ich will es gar nicht wissen! Ich ... danke! Ich bin so froh, dass du mich beschützt hast!

Das musste ich. Du bist Simon Brand.

#dieseslächelnistsowow

Es ist schön, dich wiederzusehen, Ing! ... Obwohl du ganz anders aussiehst als beim letzten Mal.

Ich kann meine Hülle anpassen, wenn es dich glücklich macht.

Nein, alles gut! ... Du bist wunderschön, egal welche Form du annimmst.

#innerewerteforever

Simon?

Ja?

Erinnerst du dich noch an unser Treffen in meiner Dimension?

148

Klar! Das war am Strand und du hast mir gezeigt, wie man Welten gestaltet.

Erinnerst du dich auch an unseren Abschied?

Er zog ein Foto aus der Hosentasche und hielt es mir hin. Ich nahm es.

Was ist das, Ing?

Meine Erinnerung.

Das Bild zeigte ihn und mich und wir küssten uns.

Ist das ... das Foto, das ich dir geschenkt habe? Meine erste Gestaltung? ... Aber es sieht anders aus. ... Du hast unseren Kuss darauf festgehalten.

Es ist meine Erinnerung.

Ich spürte, wie ich langsam rot wurde und nicht nur das – etwas anderes regte sich und ohne Klamotten konnte es gleich richtig peinlich werden!

Ähm ... ich weiß nicht, was ich sagen soll, Ing.

In meiner Dimension ... schwimmen wir ... in der Zeit, wir folgen ihr nicht nur in eine Richtung. Du kannst das nicht.

Ich weiß. Ich bin ein Mensch.

Du hast diesen Kuss mit Lars...

Erinnere mich nicht daran! Ich weiß nicht, wie ich jemals wieder jemanden kennenlernen soll. Ich werde jetzt immer misstrauisch sein!

Ich kann mit dir nicht durch die Zeit schwimmen, aber wir können eine neue Erinnerung bauen.

Was meinst du, Ing?

#altererwilldichküssen
#istdochnichtsoschwerzuverstehen

Wenn du bereit bist, wiederholen wir unseren Abschied neu.

Du meinst ... du willst mich ... küssen?

#jetzthateresendlich

Er nickte und sah mich so zärtlich an, dass ich nicht wusste, was ich sagen sollte außer ...

Ok ... aber hättest du vorher eine Hose für mich?

Du benötigst in dieser Dimension keine Kleidung, Simon.

Als er sich zu mir lehnte, lösten sich seine Sachen in kleine weiße Perlen auf, die wie eine Aura um ihn herum flirrten und uns schließlich umschlossen. Ich spürte seine weichen Lippen, die ganz anders küssten, als Lars es getan hatte. Ing gab mir diesen Kuss, Lars hatte ihn sich genommen.

Obwohl wir zwei Wesen aus zwei Dimensionen waren, gab es zwischen uns keine Unterschiede, sondern nur ein Gefühl, das uns miteinander verband. Keiner nahm dem anderen etwas, aber jeder gab ein Stück von sich.

#vollromantisch

Ing war mir plötzlich so nah, dass ich die Wärme seines Körpers fühlte. Unsere Hände hielten sich während dieses ewigen Kusses und dann merkte ich, dass wir den Boden unter den Füßen verloren. In einer Blase aus weißen Kugeln schwebten wir in der Luft und drehten uns langsam.

Als ich spürte, dass Ings Körper ebenso auf mich reagierte, wie ich auf ihn, zog ich die Beine an und gab ihm die Chance, in mich

#vollintim
#wollenwirdasjetztwirklichlesen
#wiesonicht #romantikpornoistdochedel

Eine Woge aus Lust und Schmerz überspülte mich. Diesen Moment hatte ich mir oft vorgestellt, aber nicht so und nicht mit einem Lichtwesen und als Ing sich erst langsam, dann kraftvoller in mir bewegte, begann er, seine Gestalt zu verändern. Er wechselte Farben und Formen, so als wäre er dieser eine Mann, der auf allen Kontinenten lebt und doch immer er selbst, immer Ing ist. In jeder Sekunde wurde er zu allen meinen Wünschen, Träumen – zu meinem Begehren in seiner einfachsten und doch komplexesten Form.

Dann löste er sich aus mir und rutschte auf meinen Schoß. Er ritt auf mir und ich umfasste keuchend seine Schultern, spürte, wie er mich tief in sich aufnahm. Seine Form verschwamm, so als würde sein Körper vibrieren und jede dieser Bewegungen übertrug sich auf mich, bis ich es nicht mehr zurückhalten konnte und

#abhiergiltganzklar
#zuvieleinformationen

Langsam schwebten wir zurück ins grüne Moos. Obwohl ich nach diesem Erlebnis völlig erschöpft sein sollte, fühlte ich mich so lebendig und voller Energie wie schon lange nicht mehr. Ich hätte die Welt aus den Angeln heben können, aber ich war ja ihr Hüter, also beließ ich es bei dem Gedanken.

Geht es dir besser, Simon?

Ja, es geht mir richtig gut.

Dann ist es an der Zeit, dass wir in deine Welt zurückkehren. Du hast eine Aufgabe zu erfüllen.

Ich muss Lars unschädlich machen.

Ja, das musst du. Aber er ist nur ein Handlanger. Die eigentliche Gefahr lauert noch in der Stadt.

Was meinst du?

Es gibt ein Wesen, das älter ist als Lars und das die Stadt durchzieht.

Das die Stadt ... durchzieht?

Es ist überall. Sein Gift war es, das dich beinahe getötet hätte.

Ich verstehe. ... Kommst du mit?

Das darf ich nicht.

Sehen wir uns wieder?

152

Ich sehe dich bis ans Ende der Zeit.

Ich schloss meine Augen und wir küssten uns ein letztes Mal, während sich die Welt um uns herum auflöste. Als ich sie wieder öffnete, stand ich allein in meinem Zimmer und Ing war verschwunden.

#hoffentlichnichtfürimmer

JUST A GIGOLO

#marlenedietrich

Siiimon!!!

Bevor ich mich richtig orientiert hatte, schoss Marten auf mich zu, umarmte mich stürmisch und ließ uns mit seiner unbeherrschten Kraft zusammen aufs Bett stürzen.

#sosiehtwahrefreundschaftaus

Du bist wieder da! Wie geht es dir? ... Du bist doch wieder du selbst, oder?

Ich ... ich denke schon, ja.

Dann bist du kein Arschloch mehr?

Hoffentlich nicht!

Ich denke, ich spreche für Marten und mich, wenn ich sage: Es wäre zu wünschen, dass Sie sich anderen gegenüber wieder angemessen verhalten.

N.I.N.I.! Was immer ich getan habe, es tut mir leid! Ich war ... Moment mal, seit wann sprichst du, wenn Marten dabei ist?

Nachdem Sie sich mehr als unkooperativ in Bezug auf eine bestehende Gefährdungslage gezeigt haben, musste ich infolge einer gründlichen Analyse der Lage beschließen, mein Standardprotokoll anzupassen, um mich mit Ihrem Freund in Verbindung zu setzen. Wir kommunizieren mittlerweile seit vier Tagen miteinander.

Da hat sie absolut recht und unsere neue ... Kommunikation ... ist sogar ausgesprochen erfolgreich, wenn du mich fragst. Wir haben Fortschritte mit N.I.N.I.s Humorprogramm gemacht.

Ihr Freund hat mit mir geübt, sodass ich mein Programm anpassen konnte. Soll ich Ihnen eine Kostprobe geben? Ich könnte einen Witz erzählen.

Das ist wirklich verlockend, N.I.N.I., aber nicht jetzt. Mich interessiert viel mehr, wieso du dein Standardprotokoll anpassen musstest.

Nach Ihrem kurzzeitigen Ableben benötigte ich Unterstützung bei dem Versuch, Ihr Leben zu retten.

Nach meinem ... Ableben? Ing hat auch so etwas erwähnt. Er sagte, ich sei zweimal gestorben.

Das ist korrekt.

Wie konnte das passieren, N.I.N.I.? ... Und wieso lebe ich noch?

Um Ihnen darauf eine Antwort geben zu können, müssen wir die letzten Tage einer umfassenden Analyse unterziehen. Wir können direkt damit beginnen, sofern Sie jetzt bereit dazu sind, Simon.

Sorry, Leute, aber wenn ich mich an der Stelle einklinken darf – was auch immer passiert ist, Lars hat es nicht geschafft, dich tot zu kriegen, und das ist alles, was zählt! Wen interessiert schon, wie er es versucht hat? Das ist unwichtig! ... Tut mir übrigens leid, dass ausgerechnet er im wahrsten Sinne des Wortes ein Herzensbrecher war. ... Wirst du damit klarkommen?

Äh ... ja, ich denke schon.

Sicher? Du weißt, ich bin für dich da und zwar so lange, wie du brauchst, um über ihn hinweg zu kommen!

Ja, danke. ... Aber das passt schon.

Tu das nicht so ab! Deine erste große Liebe hat dich so richtig betrogen, das darf wehtun! Friss die Wut nicht in dich rein!

Nee, alles gut. Ich verkrafte das, wirklich!

#guckmalwieroterwird

Alles klar bei dir, Simon?

Sicher ... wieso auch nicht?

157

Du wirst gerade knallrot.

Ich registriere einen Anstieg Ihrer Pulsfrequenz. Möglicherweise geht es Ihnen doch noch nicht gut. Sie sollten sich schonen!

Es ist alles in Ordnung mit mir, keine Sorge!

Alter ... jetzt seh ich das erst!

Was meinst du?

Du strahlst!

Verzeihen Sie, Marten, aber ich kann keine besorgniserregenden Strahlenwerte messen, die von Simon ausgehen. Sie müssen sich irren!

Nee, N.I.N.I., das Strahlen, das ich meine, kannst du nicht messen. Das kommt von innen!

#dermerktauchalles
#wahrefreunde

Ich verstehe nicht, was Sie meinen.

Lass es mich so formulieren: Simon hat offenbar eine mehr als schöne Zeit mit Ing verbracht. Ich würde sagen, er hat sich die letzten vier Tage nicht nur ausgeruht.

Marten! Sei still!

Würden Sie mir erklären, was Sie und Ing getan haben, Simon?

Auf keinen Fall!

Aber es ist notwendig, um die Chronik der Hüter der Welt zu aktualisieren.

N.I.N.I., das gehört da nicht rein ... und du, Marten, hörst auf, darüber zu reden – bitte!

Tut mir leid, aber das geht nicht. N.I.N.I. und ich haben uns Sorgen um dich gemacht und ich finde, wir haben ein Anrecht darauf, etwas mehr über deine Zeit mit Ing zu erfahren. ... Immerhin haben wir zu deiner Rettung beigetragen!

Marten...

Du musst ja nicht alles erzählen! ... Wie wäre das: N.I.N.I. nimmt diesen Abend nicht in die Chronik auf, sondern schreibt einfach nur rein – Pyjamaparty.

Das würde gegen meine Programmierung verstoßen! Es ist meine Aufgabe, alles ausführlich zu protokollieren. Ungeachtet dessen habe ich mittlerweile meine Datenbank durchsucht und herausgefunden, dass der von Ihnen gewählte Ausdruck insbesondere nach eindrucksvollen sexuellen Aktivitäten benutzt wird, um eine vermeintliche Aura des sexuell aktiven Menschen zu beschreiben. Ist das korrekt?

#internetrecherchekannsie
#soeinsmarteskleinesdingey

Ja, N.I.N.I., das ist korrekt. ... Danke, Marten! War das wirklich nötig?

Sie hätte es doch sowieso erfahren. Oder kommt das nicht in deinen Blog?

Also echt, du bist so...

Simon?

Ja, N.I.N.I., was ist?

Sind Sie nun ein Platzhirsch?

Sehr witzig, N.I.N.I. – wirklich sehr witzig.

Also ich fand's gut! Unsere Übungen haben sich ganz offensichtlich bezahlt gemacht, N.I.N.I.!

Danke, Marten. Ich freue mich, dass ich Ihre Lektionen bereits beim ersten Versuch erfolgreich anwenden konnte.

Oh man ... hier hat sich echt viel verändert in den letzten Tagen! ... Und ich bin nicht sicher, ob mir diese neue Freundschaft zwischen euch beiden so gut gefällt.

#duhastjakeineahnung
#wasdawohlnochallesaufunswartet
#goN.I.N.I.goN.I.N.I.

Wir verbrachten den Rest des Abends zu dritt in meinem Bett und tauschten uns über die letzten Tage aus. Ich erzählte ein wenig von der Zeit mit Ing und ehrlich gesagt, fand ich es zum Heulen schön, wie sehr sich Marten für mich freute und wie gut er und N.I.N.I. mittlerweile miteinander klarkamen. Erschreckend war hingegen, was sie mir über mein Verhalten berichteten. Und das Schlimmste war, dass ich mich noch immer nur bruchstückhaft daran erinnern konnte. ... Aber vielleicht war es auch ganz gut, dass sich nicht jeder Moment mit Lars in mein Hirn gebrannt hatte.

Als wir schließlich irgendwann das Licht ausmachten, war es schon nach zwölf. Ich schloss die Augen und sprang vom Rand eines $\quad$ i $\quad$ n

H H H H H H H H H H
O O O O O O O O O O
C $\quad$ C C $\quad$ C C $\quad$ C C
H H H H H H H H H H $\quad$ d
H H $\quad$ H H $\quad$ H H $\quad$ H
A A A A A A A A A A $\quad$ i
U U U U U U U U U U
S S S $\quad$ S S $\quad$ S S S $\quad$ e
E E E E E E E E E
S $\quad$ S S S $\quad$ S S $\quad$ S
H O C H H A U S E S $\quad$ t
H H H H H H H H H H
O O O O O O $\quad$ O O O $\quad$ i
C C $\quad$ C C $\quad$ C C C C
H H H H H H H H H H $\quad$ e
H $\quad$ H H $\quad$ H H H H H $\quad$ f
A A A A A A A A A
U U U U U U U U U U $\quad$ e
S S S $\quad$ S S S S $\quad$ S
E E E E E $\quad$ E E
S S S S S S $\quad$ S S
NACHTNACHTNACHTNACHTNACHTNACHT
NACHTNACHTNACHTNACHTNACHTNACHT
NACHTNACHTNACHTNACHTNACHTNACHT
NACHTNACHTNACHTNACHTNACHTNACHT
NACHTNACHTNACHTNACHTNACHT hinein.

161

Rauch

Rausch

Rauch

Rauch

Rausch

Rauch

Töne

Rauch

Rausch

Töne missgestimmt Töne

Rausch

Rausch

Rauch

Rausch

DIE DIETRICH

Ich hatte dein Wort, nicht wahr?
Aber du hast es nicht gehalten.

Der Andere, der Lichte!

meine Stimme

vertraut, fremd

die Dietrich schmokt

die Dietrich schmokt

die Dietrich schmokt

die Dietrich schmokt die Dietrich schmokt

Rauch

Rauch

Rauch

Rauch

Du trägst Verantwortung, Darling.

Rauch

You know?

Rauch

Rauch

Rauch

Rauch

162

Rauch

Ich habe mich auf dich verlassen.

Rauch

Rauch

Wir haben uns auf dich verlassen.

Aber du versagst.

Du gefährdest, was durch die Zeit entsteht, hast das Ganze nicht mehr im Blick.

Finger

Rauch

Finger

Rauch

Finger

Finger

Finger

tasten

Rauch

meine Kehle

Luft presst mich

Rauch

Rauch

durch den Raum

vorbei an

mobiliegige spiegelndem Glas

Rauch

Rauch

ich   bin

Rauch

LARS

die Dietrich eist

Du bist so voller Missgeschick, Darling.

Rauch

Rauch

ich taste
  nach
    ihrem Bein

      meine Finger   *Rauch*
              p
          e
              r
                l
Rauch   e
                n
      schwarz
              i
              h
umfließenumfließen r umfließenumfließenum *Rauch*
              e
              n
        f   Körper   d
          l   e   h   e   n
              l

sie durchbricht den Flug und stürzt mich in die Form

Rauch

LARS

164

Zumindest weiß er nur von dir. Hält dich für seine
Nemesis und ahnt nicht, dass ich längst die Stadt

durchdrang

Rauch

ich stottere Lars

Rauch

U   u   und

wenn er uns entdeckt?

Dann *Darling* entfalten wir das Spielfeld etwas früher.

Und nun geh, kümmere dich um all die, die unser sind!

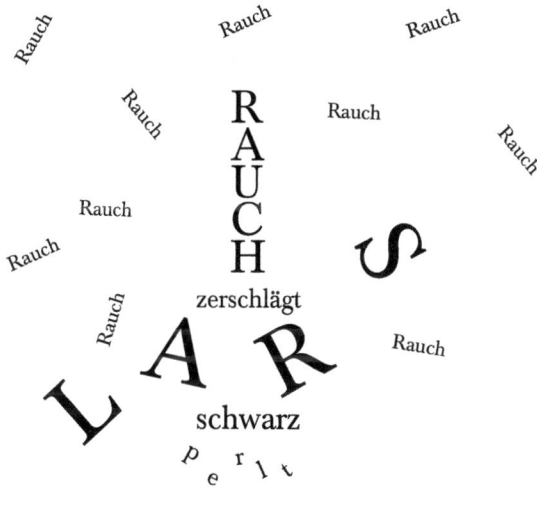

Lars
in alle Ecken von Berlin.
Ich

heimwärts.

165

Kalte Luft strich über meine Nasenspitze. Ich zog die Decke ein Stück höher, doch nun wurden meine Füße kalt. Langsam öffnete ich ein Auge nach dem anderen – rechtes Auge auf, rechtes Auge zu. Linkes Auge auf, linkes Auge zu. Auf, zu, auf, zu.

#morgenmuffelfrühsport
#mimmelittdasstadtkaninchen

Aus dem linken Augenwinkel konnte ich erkennen, dass das Fenster offenstand. Müde kletterte ich aus dem Bett, schloss es und kroch zurück unter die Wärme meiner Decke.

Hey, guten Morgen, Sonnenschein! Los, hinsetzen!

Marten stand mit einem Tablett in der Tür und pustete mir den Duft von warmem Kakao zu.

Wann bist du denn schon aufgestanden?

Was heißt hier ‚schon'? Es ist zehn Uhr! Ich müsste vielmehr fragen: Warum bist du noch nicht aufgestanden?

Ich hab nicht gut geschlafen.

Dann ist dieses leckere Frühstück genau richtig für dich. Es gibt warmen Kakao, Müsli – natürlich selbst zusammengestellt nach aktuellen Erkenntnissen der Ernährungswissenschaft – und wahlweise Joghurt oder Milch dazu. Ich nenne es: Das Weltenhüterfrühstück – für einen gesunden Start in den Tag!

#nomnomnom
#ichwillaucheinenmartenhaben

166

#daskönnenwirunsnichtleisten
#verdammt

Womit habe ich das nur verdient!?!

Naja, wer mehr als einmal stirbt, hat sich sein Frühstück hart erarbeitet. Und jetzt rutsch mal, ich will mit ins Bett.

Wir machten es uns bequem und ich nahm einen großen Schluck Kakao – denn Kakao geht immer!

Also...

#martenredetmitvollemmund
#vollschlechterzogen
#ichwilldochkeinenmarten

...wie geht es jetzt weiter? Hast du einen Plan?

Nicht wirklich. Ich denke, wir müssen irgendwie Lars aufspüren und herausfinden, für wen er arbeitet.

Für wen er arbeitet? Er ist gar nicht der ... öhm ... Hauptbösewicht?

Nein, ist er nicht. Lars ist nur ein Handlanger.

In deinem Fall könnte man auch von einem Gigolo sprechen.

Ha, ha – sehr witzig. Ing sagte jedenfalls, dass es ein Wesen gebe, dass die ganze Stadt durchziehe.

#wow
#konjunktiveinskorrektangewandt
#dashaterbestimmtnichtsogesagt
#undwenndochdannhateresbeiderjokischgelernt

Was meint er damit?

Keine Ahnung. ... Vielleicht hat es schon sehr viele Menschen in seinen Bann gezogen? ... Oder es ist ein Nebelgeist oder...

Sie wissen doch, dass Dunkelweltler keine Geister sind, Simon.

Ja, N.I.N.I., aber wir Menschen bezeichnen sie ganz gern so. Sie haben ja auch irgendwie etwas Dämonisches an sich.

Ich halte diese Beschreibung für eine unnötige Bedeutungsaufladung dunkelweltlerischer Wesenszüge.

Für eine – was?

Eine unnötige Auratisierung natürlich vorkommender Phänomene.

Ich versteh kein Wort.

Sie beschreiben die Wesen aus der dunklen Dimension stets so, als wären es magische Ungeheuer. Dadurch wirken sie bedrohlicher, obwohl sie ein natürlicher Teil des Gesamtgefüges unseres Universums sind. Die Dunkelweltler können in ihre Schranken gewiesen werden und das ganz ohne Magie. Es geht hier vielmehr um ein Verständnis mehrdimensionaler Strukturen.

Naja, mein Bannspruch hat schon eine gewisse Ähnlichkeit mit einem Zauberspruch, meinst du nicht?

#dahaternichtunrecht

168

Wenn Sie ein Richter zu einer langen Haftstrafe verurteilt, würden Sie den Richterspruch dann ebenfalls als Zauberei bezeichnen?

Das ist doch etwas ganz anderes!

Nein, ist es nicht. Der magische Gehalt ist in beiden Fällen gleich – er ist nicht existent.

#jetzthatN.I.N.I.einenpunktgemacht

Öhm ... entschuldigt, wenn ich eure kleine Diskussion unterbreche, aber wie genau hilft uns das jetzt bei der Jagd nach dem Hauptbösewicht weiter?

#woerrechthathaterrecht

Keine Ahnung, Marten. Aber N.I.N.I. ist immer sehr präzise, wenn es um solche Dinge geht.

Es ist meine Aufgabe, Ihnen zur Seite zu stehen und Sie bestmöglich auf Ihre Aufgabe vorzubereiten. Dazu gehört neben der sportlichen Ertüchtigung auch ein profundes Wissen der grundsätzlichen Funktionsweise unseres Universums.

Alles klar, N.I.N.I., wir haben verstanden, dass ich noch sehr viel mehr lernen muss. Kann ich jetzt mein Frühstück genießen? Ich bin immer noch fertig von der letzten Nacht.

Was hat dich denn um den Schlaf gebracht?

Es war wieder so ein Traum. ... Ich war Lars und habe mich mit einer Frau unterhalten, die aussah wie Marlene Dietrich ... nur irgendwie total abgewrackt. Sie hat mich, also Lars, zur Schnecke gemacht, weil er mich nicht töten konnte, und danach hat sie ihn zerschlagen in lauter schwarze Perlen und er ist durch die Straßen von Berlin geflogen.

Der Typ setzt dir immer noch ganz schön zu, was?

Das wird's wohl sein. Ich komme irgendwie nicht von ihm los.

Dürfte ich eine Anmerkung machen, Simon?

Natürlich, N.I.N.I.

Meine Datenanalyse lässt eine weitere Schlussfolgerung zu, die eine höhere Wahrscheinlichkeit aufweist als die Annahme Ihrer psychischen Instabilität.

#autsch

#soeineaussagetutweh

#simonistdochnichtinstabil

Hey! Das ist unhöflich! Du kannst mich doch nicht psychisch instabil nennen!

Das habe ich auch nicht getan. Ganz im Gegenteil weise ich darauf hin, dass eine solche Annahme Ihren Zustand betreffend gerade nicht valide erscheint.

Ok, ich will nicht streiten. Also sag schon, welche Theorie du zu meinen Träumen hast.

Ich vermute, dass es sich bei Ihren nächtlichen Wahrnehmungen nicht um die Verarbeitung der Erlebnisse durch Ihr Unterbewusstsein handelt. Viel wahrscheinlicher ist, dass Sie eine Verbindung zu Ihrem Gegenspieler herstellen, wenn Sie in der Nacht die bewusste Kontrolle Ihrer Sinne abschalten.

Wie bitte?

Sie meint, dass du dich im Schlaf nicht auf die Welt um dich herum konzentrierst und dadurch unbewusst eine Verbindung zu Lars aufbaust. ... Ist doch nun wirklich nicht so schwer zu verstehen. ... Aber wie konnte es dazu kommen, N.I.N.I.? Soweit ich mich erinnere, hat Simon noch nie eine solche Verbindung zu einem Dunkelweltler gehabt.

Das vom Wesen der dunklen Seite injizierte Gift wirkte sich anscheinend auf Simons Nervenbahnen aus und erweiterte seine Wahrnehmungsfähigkeiten.

Also ist er mit Lars verbunden, weil dessen Gift durch seine Adern floss?

Stopp! ... Ich will eure Verschwörungstheorie ja nicht ruinieren, aber Ing hat gesagt, dass das Gift nicht von Lars stammte, sondern von dem anderen Wesen.

In diesem Fall vermute ich, dass es sich mit Substanzen des Dunkelweltlers vermischt hat und Sie deshalb Teile seiner Weltsicht erfahren.

Also ist das quasi so, als hätte Lars in das Gift gespuckt, bevor er es dir zu trinken gab. ... Igitt!

#abersowasvonigitt

Ok, langsam. ... Wenn ich euch beide richtig verstehe, dann sind meine Träume Ereignisse, die Lars tatsächlich erlebt. Und ich kann das wahrnehmen, weil sich seine ... Spucke ... mit dem Gift vermengt hat, das sich auf meine Nervenbahnen auswirkte?

#klingtimmernocheklig

Sie haben den Sachverhalt korrekt wiedergegeben.

Und hilft uns das jetzt irgendwie weiter?

Naja, vielleicht kannst du lernen, ihn abzuhören. Dann wärst du Simon Brand, Geheimagent im Namen des Universums.

Sehr witzig, Alter.

Ihr Freund hat nicht unrecht, Simon. Es wäre durchaus möglich, diese Verbindung bewusst zu nutzen, um mehr über Ihre Widersacher zu erfahren.

Ich soll mich in seinen Kopf hacken?

#welcometothedarknet
#echtjetzt
#dermussteeinfachsein

Würde er das nicht mitbekommen?

Bisher hat er Ihr Eindringen nicht bemerkt. Sehr wahrscheinlich wird es dabei bleiben, sofern Sie nicht beginnen, ihn zu kontrollieren.

Was soll das jetzt schon wieder heißen?

Wenn die Verbindung stark genug ist und Sie selbst mental gefestigt sind, läge eine Kontrolle des Dunkelweltlers durchaus im Bereich des Möglichen. Allerdings bedarf es dafür einer gewissen Übung und Sie müssen sich bewusst sein, dass der Dunkelweltler das Verfahren auch umkehren könnte, sobald Sie ihn nicht mehr sicher im Griff haben.

#wiekrassistdasdenn
#persönlichkeitshack

Hey, ich hab gerade nur Spaß gemacht! Das klingt viel zu gefährlich, Simon! Das machst du nicht!

Ich muss ihn ja nicht gleich übernehmen, aber seine Wahrnehmung bewusst anzuzapfen, wäre doch hilfreich! Wenn er das nicht merkt, ist es auch nicht gefährlich.

Du hast so etwas noch nie ausprobiert! Woher willst du wissen, was zu tun ist?

Simon wäre nicht der erste Weltenhüter, der eine Verbindung zu einem Dunkelweltler aufbaut. In der Chronik wird einer seiner Vorgänger erwähnt, der die von ihm gemachten Erlebnisse beschreibt. Mir liegen daher Informationen vor, die das Thema ausreichend vertiefend beleuchten.

Perfekt! Dann würde ich vorschlagen, dass wir fertig frühstücken und danach gehen wir die Aufzeichnungen durch, um mich vorzubereiten.

Hast du das wirklich bis zum Ende durchdacht? Wo ist denn deine Müdigkeit hin? Du bist plötzlich so aufgedreht, Simon, wie auf Drogen.

Also eines musst du über das Weltenhüten wissen, Marten.

Und das wäre?

Wenn es gut läuft, verleiht es dir manchmal übermenschliche Kräfte und richtig viel Energie. Dann ist es der beste Job der Welt!

Und wenn es schlecht läuft?

Dann ist es der mieseste Job der Welt und kann dich das Leben kosten.

Verstehe. ... Ich kann dir das nicht ausreden, oder?

Wohl eher nicht.

Also schön. ... Nutzen wir den Tag, um deine Energiereserven aufzufüllen und dich vorzubereiten!

#carpediem

Zwei Stunden später saßen wir im Wohnzimmer und ließen uns von N.I.N.I. erklären, was in den Chroniken zur Übernahme von Dunkelweltlern festgehalten war.

Die Aufzeichnungen stammen aus dem Nachlass Ihres Vorgängers Gāo Xinlóng und sind 2230 Jahre alt. Er war während der chinesischen Qin-Dynastie Hüter der Welt.

Ähm, kurze Frage, wenn ich darf?

Natürlich, Marten, was möchten Sie wissen?

Wie konnte ein Hüter der Welt in dieser Zeit ein Hüter für die ganze Welt sein? Ich meine, Simon kann ein

Flugzeug nehmen, um irgendwo hinzufliegen, aber damals ging das doch nicht.

Es gibt Wege, die ein Hüten der Welt auf dem gesamten Planeten ermöglichen.

Wieso habe ich davon noch nichts gehört, N.I.N.I.?

Weil Sie darüber erst auf Ihrer Schulung informiert werden, Simon.

Was für eine Schulung?

Die Schulung, die jeder Hüter der Welt erhält, wenn sein Jahrgang an der Reihe ist.

Und wann wolltest du mir davon erzählen?

Wenn Sie an der Reihe sind.

Wo findet das statt? Was muss ich da machen? Wer wird mich unterrichten?

Ich schlage vor, dass wir uns diesen Fragen widmen, wenn es an der Zeit ist. Gegenwärtig scheinen Sie doch drängendere Probleme lösen zu müssen.

Also schön, wir klären das später. Aber du erinnerst mich daran!

Das werde ich tun, Simon. Kann ich nun zu meinen Ausführungen bezüglich des mentalen Abhörens Ihres Kontrahenten zurückkehren?

Selbstverständlich.

Vielen Dank. Wie ich bereits anmerkte, sind die Ausführungen mehrere tausend Jahre alt. Trotzdem scheinen sie mir schlüssig darzulegen, was zu tun ist.

Lass hören!

Sie müssen sich in einen Dämmerzustand begeben, der zwischen bewusstem und unbewusstem Träumen liegend eine Kontrolle des mit Ihnen verbundenen Dunkelweltlers zulässt. Anschließend erweitern Sie Ihre kognitiven Fähigkeiten zielgerichtet, entwerfen einen mentalen Raum, der es Ihnen ermöglicht, das Geschehen durch die Augen Ihres Gegners zu beobachten, und kehren danach mit Hilfe einer Austrittssituation zu sich selbst zurück.

#klingtjaeasy
#nichtsleichteralsdas

Also ich will euch zwei ja nicht entmutigen, aber ganz ehrlich – ich weiß gar nicht, wo meine Fragen anfangen: Wie soll sich Simon in einen solchen Dämmerzustand begeben? Wie soll er seinen Geist erweitern und wie entwirft man verdammt nochmal einen mentalen Raum? Was ist das überhaupt?

Ich versuche, Ihre Fragen, so gut es mir möglich ist, der Reihe nach zu beantworten, Marten. Zunächst einmal werde ich Simon dabei unterstützen, den beschriebenen Zustand langsam zu erreichen. Laut Gāo Xinlóng wird der Hüter erkennen, wann er bereit ist für die Erweiterung seines Geistes. Da die Verbindung bereits hergestellt wurde, muss Simon lediglich einen mentalen Raum aufbauen und diese Aufgabe ist ihm nicht fremd.

Er hat sie bisher zweimal gemeistert – bei seinem Besuch in der anderen Dimension und als er Sie aus der Dimensionsfalte in Ruhla rettete.

N.I.N.I. hat recht, Marten. Ich kann einen solchen Raum erschaffen. Sie muss mich nur in den Dämmerzustand bringen, dann dürfte das alles ganz easy klappen.

Ihr tut beide so, als ob das ein Spaziergang wäre!

Naja, that's Weltenhüter-Business. Risiko gehört halt dazu. Aber wir haben schon schlimmere Situationen überstanden. ... Du übrigens auch! Obwohl du dich daran nicht mehr erinnern kannst.

Das macht mir jetzt nicht wirklich Hoffnung, Simon.

Sollte es aber. Denn wir sind ein Team! Du, N.I.N.I. und ich – wir schaffen das! Zum ersten Mal habe ich nicht das Gefühl, unvorbereitet in eine Situation zu stolpern, sondern selbst den Controller in der Hand zu halten und den Ablauf zu bestimmen.

#playeroneisreadyagain
#pushthebutton

Das ist kein Game, Simon!

Da hast du absolut recht, Marten. Deshalb werde ich vorsichtig sein und versuchen, Lars nicht auf mich aufmerksam zu machen. Ich schaue zu, finde heraus, was sie planen, und komme dann sofort zurück zu euch. Ich greife nicht ein und ich spiele auch nicht den Helden. Versprochen!

Wenn du dich nicht daran hältst, dann bring ich dich um, Simon Brand! ... Du machst mich echt sentimental, Alter.

Und du erinnerst mich immer daran, dass ich vorsichtig sein muss. Und genau deshalb bist du der große Bruder, den ich nie hatte.

Wünschen Sie, dass ich My heart will go on von Céline Dion spiele? Dieses Lied scheint mir der Situation angemessen zu sein.

Oh ja, N.I.N.I., unbedingt!

#humoristwenn
#N.I.N.I.ihrhumorprogrammoptimiert
#sowitzigdieseshandy

Den Rest des Tages verbrachten wir zuhause. Marten telefonierte mit Jenni, N.I.N.I. erledigte N.I.N.I.-Dinge und ich ruhte mich im Wohnzimmer auf dem Sofa aus, bis Marten den Plattenspieler meiner Eltern kaperte, eine Platte von Sandra auflegte und wir wie wild zu In The Heat Of The Night durch den Raum tanzten.

#intheheatofthenight
#you'lllloseyourheart
#andsellyoursoul
#Ilosecontrol
#intheheatofthenight

Nachdem es draußen dunkel geworden war, ging es los. In meinem Zimmer hatte Marten auf N.I.N.I.s Anweisung hin das Licht ausgeschaltet und nur eine einzelne Kerze flackerte. Nun saß er mit ihr in der Hand auf einem Sitzsack. Ich legte mich aufs Bett und schloss die Augen, um zur Ruhe zu kommen, denn das war die Grundhaltung, wie N.I.N.I. betonte.

Sind Sie bereit, die Verbindung aufzubauen?

Keine Ahnung. Versuchen wir's einfach. Was kann schon schiefgehen?

Denk dran, Simon – keine Risiken! Wir brauchen dich noch!

Ich geb mir Mühe! ... Leg los, N.I.N.I.!

Atmen Sie ruhig ein und aus. ... ... Konzentrieren Sie sich auf das Heben und Senken Ihres Bauches und spüren Sie dabei Ihrem Herzschlag nach. ... ... Spüren Sie, wie er Ihren Körper durchströmt.

Ich versuchte, N.I.N.I.s Ansagen zu folgen. Ich atmete langsam ein und aus und ein und aus und ein und aus – keine Ahnung wie lange, aber es ging immer nur ein und aus und ein und aus und plötzlich durchzog mich der Schlag meines Herzens wie eine Welle

boboom

und dann wieder

boboom

und stärker

boboom

stärker

　　　　　boboom

　　　　　　　　　　boboom
und dann zerbrach die　　　　boboom
　　　　　　　　　　　　　　boboom
　　　　　　　　D
　　　　　u
　　　　　　n　k　e　l
　　　　　　　　　　h　i
　　　　　　　　　　　e　t

ich stürzte in die Tiefe

　　　　　fern hallten N.I.N.I.s Worte nach...

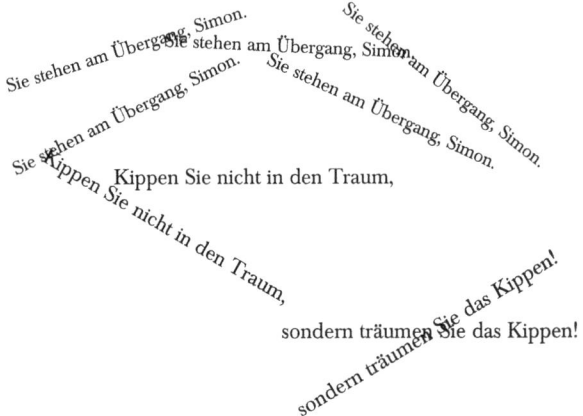

Sie stehen am Übergang, Simon.

Kippen Sie nicht in den Traum,

sondern träumen Sie das Kippen!

...ich träume den Traum! Ich kontrolliere ihn!

Der Sturz wurde zu einem Gleiten.

Das Gleiten zu einem Fliegen.

Und schließlich schwebte ich aus einem Tunnel auf eine Straße zu und landete mit einem dumpfen

　　　　　　　　　　boboom

Die Straße hing in der Schwärze der Nacht und zwischen den Sternen des Alls.

Weit entfernt glimmte ein Licht auf.

Ich nahm Anlauf, sprang mit Schwung dorthin

boboom

und stand vor einem alten Kino. Das Licht stammte von flackernden Leuchtstoffröhren, die den Titel des Films anzeigten:

Schöner Gigolo, armer Gigolo

Ein Film mit Marlene Dietrich

Durch eine Drehtür ging es in den Vorraum.

Rote Samtvorhänge schwebten von leichtem Wind bewegt an nicht vorhandenen Fenstern und Wänden.

Immer wieder blitzten zwischen ihnen die Sterne auf.

Eine weitere Tür öffnete sich, als ich mich näherte, und leise betrat ich den Kinosaal.

Ich suchte mir in der Dunkelheit einen Platz. Der Film hatte schon begonnen. Die Leinwand zeigte

181

LEINWANDLEINWANDLEINWANDLEINW

E
I   Lars musste sich im *Johnny* befinden.
N
W
A
N   Lars!
D   Wie heißt du?   Und wie heißt du?
L
E
I
N
W
A
N
D
L
E
I
N

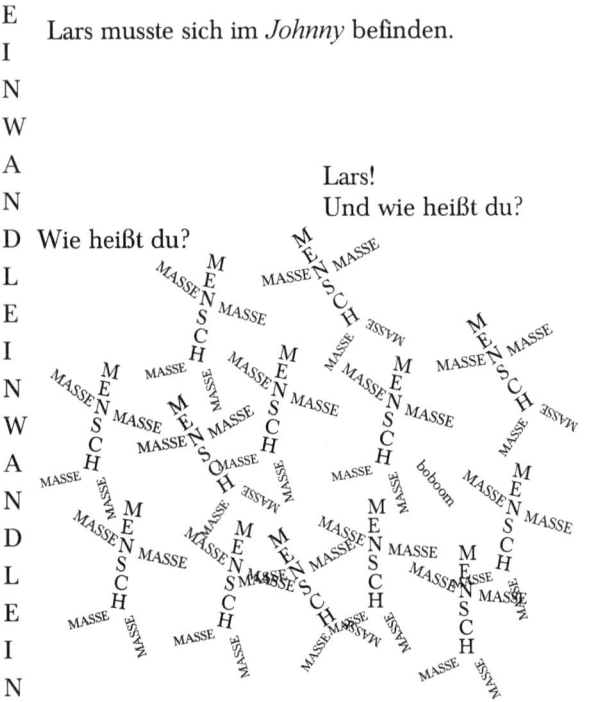

WANDLEINWANDLEINWANDLEINWAND

SITZ   SITZ   SITZ   SITZ   SITZ   SITZ   SITZ   SITZ

   SITZ   SITZ   SITZ   SITZ   SITZ   SITZ   SITZ

                    Ich
SITZ   SITZ   SITZ   SITZ   SITZ   SITZ   SITZ   SITZ
                    hier

   SITZ   SITZ   SITZ   SITZ   SITZ   SITZ   SITZ

SITZ   SITZ   SITZ   SITZ   SITZ   SITZ   SITZ   SITZ

ANDLEINWANDLEINWANDLEINWAND

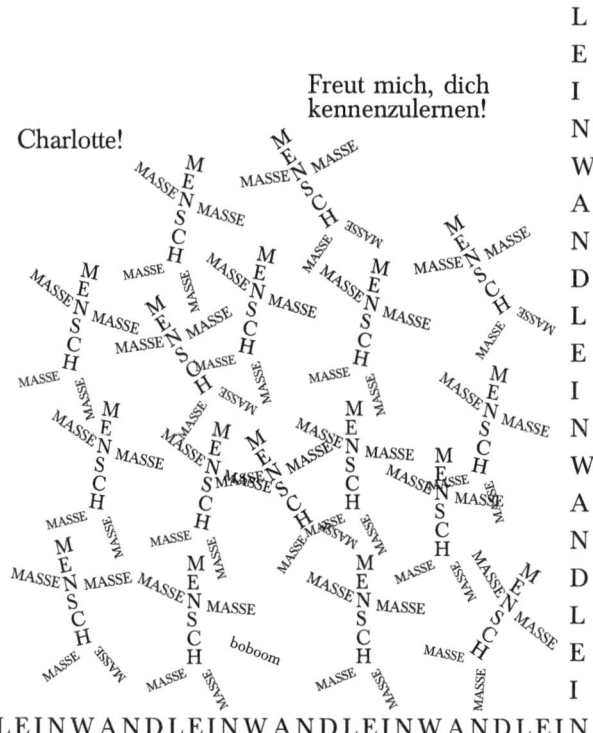

Freut mich, dich kennenzulernen!

Charlotte!

boboom

LEINWANDLEINWANDLEINWANDLEIN

SITZ SITZ SITZ SITZ SITZ SITZ SITZ SITZ

SITZ SITZ SITZ SITZ SITZ SITZ SITZ

SITZ SITZ SITZ SITZ SITZ SITZ SITZ SITZ

SITZ SITZ SITZ SITZ SITZ SITZ SITZ

SITZ SITZ SITZ SITZ SITZ SITZ SITZ SITZ

LEINWANDLEINWANDLEINWANDLEINW

(concrete poetry composition with "LEINWAND" framing the margins, repeated "MENSCH" and "MASSE" words arranged in crossword-like patterns, "boboom", and the diagonal phrases "BlitzeMalenBerlinerSzenenAnDieWände")

WANDLEINWANDLEINWANDLEINWAND

SITZ SITZ SITZ SITZ SITZ SITZ SITZ SITZ

SITZ SITZ SITZ SITZ SITZ SITZ SITZ

Ich

SITZ SITZ SITZ SITZ SITZ SITZ SITZ SITZ

hier

SITZ SITZ SITZ SITZ SITZ SITZ SITZ

SITZ SITZ SITZ SITZ SITZ SITZ SITZ SITZ

184

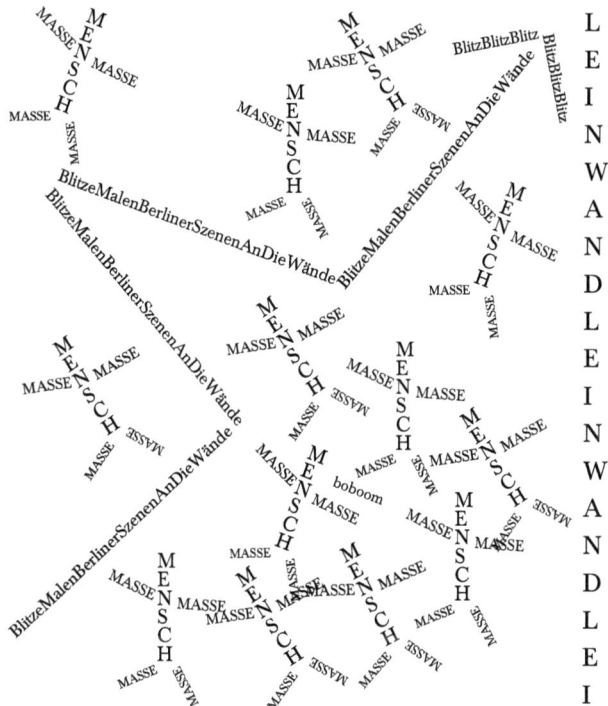

SITZ SITZ SITZ SITZ SITZ SITZ SITZ SITZ

SITZ SITZ SITZ SITZ SITZ SITZ SITZ

SITZ SITZ SITZ SITZ SITZ SITZ SITZ SITZ

SITZ SITZ SITZ SITZ SITZ SITZ SITZ

SITZ SITZ SITZ SITZ SITZ SITZ SITZ SITZ

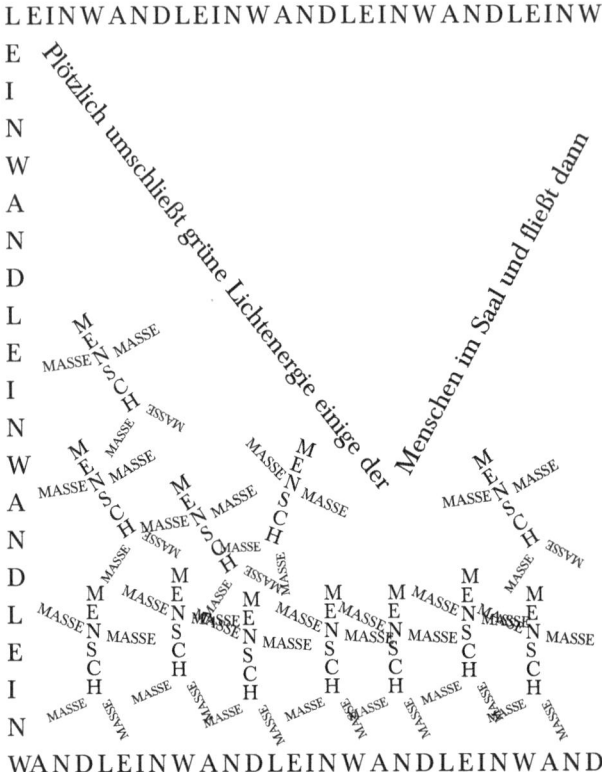

Plötzlich umschließt grüne Lichtenergie einige der Menschen im Saal und fließt dann

(LEINWAND... repeated as border; MENSCH and MASSE repeated throughout)

SITZ SITZ SITZ SITZ SITZ SITZ SITZ SITZ

SITZ SITZ SITZ SITZ SITZ SITZ SITZ

Ich

SITZ SITZ SITZ SITZ SITZ SITZ SITZ SITZ

hier

SITZ SITZ SITZ SITZ SITZ SITZ SITZ

SITZ SITZ SITZ SITZ SITZ SITZ SITZ SITZ

ANDLEINWANDLEINWANDLEINWAND

L
E
I
N
W
A
N
D
L
E
I
N
W
A
N
D
L
E
I

zuckend zur Projektion der Maschinenfrau, die

boboom

die Energien aufnimmt, langsam zu zittern beginnt

und schließlich mit ihren Augen die Fahrstuhltüren öffnet.

MENSCH MASSE MASSE MENSCH MASSE MASSE MENSCH MASSE MASSE

MASSE MASSE MASSE MASSE MASSE MASSE

MASSE MENSCH MASSE MASSE MENSCH MASSE MENSCH MASSE MASSE MENSCH MASSE MASSE MENSCH MASSE MASSE

MASSE MASSE MASSE MASSE MASSE MASSE MASSE MASSE MASSE MASSE MASSE

LEINWANDLEINWANDLEINWANDLEIN

SITZ SITZ SITZ SITZ SITZ SITZ SITZ SITZ

SITZ SITZ SITZ SITZ SITZ SITZ SITZ

SITZ SITZ SITZ SITZ SITZ SITZ SITZ SITZ

SITZ SITZ SITZ SITZ SITZ SITZ SITZ

SITZ SITZ SITZ SITZ SITZ SITZ SITZ SITZ

LEINWANDLEINWANDLEINWANDLEINW

E Ladies und Gentlemen! Das grüne Leuchten hat Sie
I eine unvergessliche Nacht zu verbringen. Bitte betre-
N Goldenen Zwanziger!
W
A
N
D
L
E
I
N
W
A
N
D
L
E
I
N

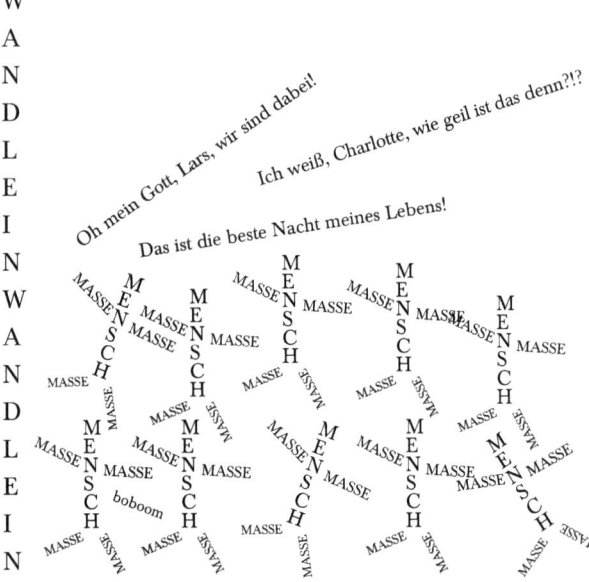

WANDLEINWANDLEINWANDLEINWAND

SITZ SITZ SITZ SITZ SITZ SITZ SITZ SITZ

SITZ SITZ SITZ SITZ SITZ SITZ SITZ

Ich

SITZ SITZ SITZ SITZ SITZ SITZ SITZ SITZ

hier

SITZ SITZ SITZ SITZ SITZ SITZ SITZ

SITZ SITZ SITZ SITZ SITZ SITZ SITZ SITZ

188

ANDLEINWANDLEINWANDLEINWAND
auserwählt, gemeinsam mit der Besitzerin des Klubs L
ten Sie den Fahrstuhl und gleiten Sie hinab in die E
I
N
W
A
N
D
L
E
I
N
W
A
N
D
L
E
I
LEINWANDLEINWANDLEINWANDLEIN

SITZ SITZ SITZ SITZ SITZ SITZ SITZ SITZ

SITZ SITZ SITZ SITZ SITZ SITZ SITZ

SITZ SITZ SITZ SITZ SITZ SITZ SITZ SITZ

SITZ SITZ SITZ SITZ SITZ SITZ SITZ

SITZ SITZ SITZ SITZ SITZ SITZ SITZ SITZ

LEINWANDLEINWANDLEINWANDLEINW

E   A
I   U
N   F
W   Z
A   U
N   AUFZUGAUFZUGAUFZUGAUFZUGA
D   U   U
L   F   F
E   Z   Z
I   U   U
N   G   G
W   A   A
A   U   U
N   F   F
D   Z   Z
L   U   U
E   G   G
I
N

WANDLEINWANDLEINWANDLEINWAND

(Die Buchstabenfiguren im Innern setzen sich aus den Wörtern MENSCH, MASSE und MASSE zusammen; in der Mitte steht: boboom)

SITZ SITZ SITZ SITZ SITZ SITZ SITZ SITZ

  SITZ SITZ SITZ SITZ SITZ SITZ SITZ

              Ich

SITZ SITZ SITZ SITZ SITZ SITZ SITZ SITZ

             hier

  SITZ SITZ SITZ SITZ SITZ SITZ SITZ

SITZ SITZ SITZ SITZ SITZ SITZ SITZ SITZ

190

ANDLEINWANDLEINWANDLEINWAND
L
E
I
N
W
Ich warte auf dich nur, mein kleiner Soldat, wir gehen gemeinsam auf große Fahrt
A
N
D
L
E

Sie fahren in die Tiefe.
I

Die Türen öffnen sich.
N
W

Ein altes Lied erklingt.
A
N
D
L
boboom
E
I

LEINWANDLEINWANDLEINWANDLEIN

SITZ SITZ SITZ SITZ SITZ SITZ SITZ SITZ

SITZ SITZ SITZ SITZ SITZ SITZ SITZ

SITZ SITZ SITZ SITZ SITZ SITZ SITZ SITZ

SITZ SITZ SITZ SITZ SITZ SITZ SITZ

SITZ SITZ SITZ SITZ SITZ SITZ SITZ SITZ

L E I N W A N D L E I N W A N D L E I N W A N D L E I N W
E
I
N
W
A
N
D
L

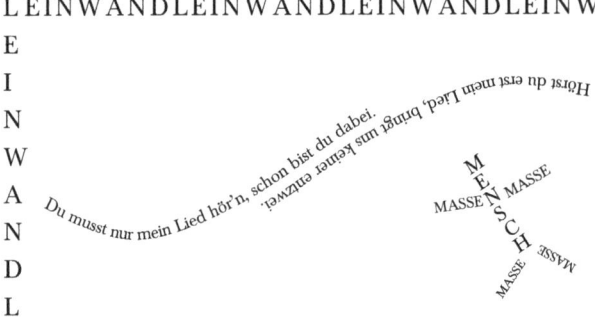

E In einem großen Saal sitzt in der Mitte auf einem
I Podest - Marlene Dietrich.
N
W
A
N
D
L
E
I
N

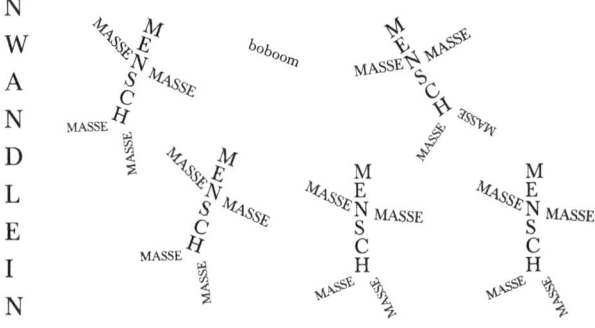

W A N D L E I N W A N D L E I N W A N D L E I N W A N D

SITZ SITZ SITZ SITZ SITZ SITZ SITZ SITZ

SITZ SITZ SITZ SITZ SITZ SITZ SITZ

Ich

SITZ SITZ SITZ SITZ SITZ SITZ SITZ SITZ

hier

SITZ SITZ SITZ SITZ SITZ SITZ SITZ

SITZ SITZ SITZ SITZ SITZ SITZ SITZ SITZ

192

ANDLEINWANDLEINWANDLEINWAND

Die Menschen schwärmen zu ihr und scharren sich
um sie. Wie in Trance wiegen sie sich zu der Musik.

LEINWANDLEINWANDLEINWANDLEIN

SITZ SITZ SITZ SITZ SITZ SITZ SITZ SITZ

SITZ SITZ SITZ SITZ SITZ SITZ SITZ

SITZ SITZ SITZ SITZ SITZ SITZ SITZ SITZ

SITZ SITZ SITZ SITZ SITZ SITZ SITZ

SITZ SITZ SITZ SITZ SITZ SITZ SITZ SITZ

LEINWANDLEINWANDLEINWANDLEINW
E
I   *boboom*
N   Ihr Lied wird langsam lauter, eindringlicher, dröh-
W   nend.
A
N
D
L
E
I
N

Komm, kleiner Soldat, komm und höre mein Lied,
sinke in meine Arme, spür, ich habe dich lieb.

W
A
N
D
L
E
I
N

WANDLEINWANDLEINWANDLEINWAND

SITZ SITZ SITZ SITZ SITZ SITZ SITZ SITZ

  SITZ SITZ SITZ SITZ SITZ SITZ SITZ
                    Ich
SITZ SITZ SITZ SITZ SITZ SITZ SITZ SITZ
                    hier
  SITZ SITZ SITZ SITZ SITZ SITZ SITZ

SITZ SITZ SITZ SITZ SITZ SITZ SITZ SITZ

194

ANDLEINWANDLEINWANDLEINWAND

Es legt sich wie Tentakel um die Menschen, wird zu
schwarzen Perlen und dringt in ihre Münder ein.

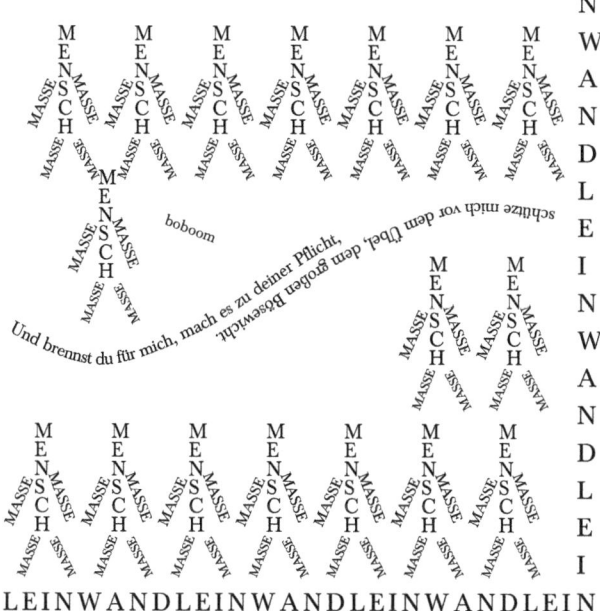

SITZ SITZ SITZ SITZ SITZ SITZ SITZ SITZ

SITZ SITZ SITZ SITZ SITZ SITZ SITZ

SITZ SITZ SITZ SITZ SITZ SITZ SITZ SITZ

SITZ SITZ SITZ SITZ SITZ SITZ SITZ

SITZ SITZ SITZ SITZ SITZ SITZ SITZ SITZ

LEINWANDLEINWANDLEINWANDLEINW
E
I
N
W
A
N
D
L
E
I
N
W
A
N
D
L
E
I
N
WANDLEINWANDLEINWANDLEINWAND

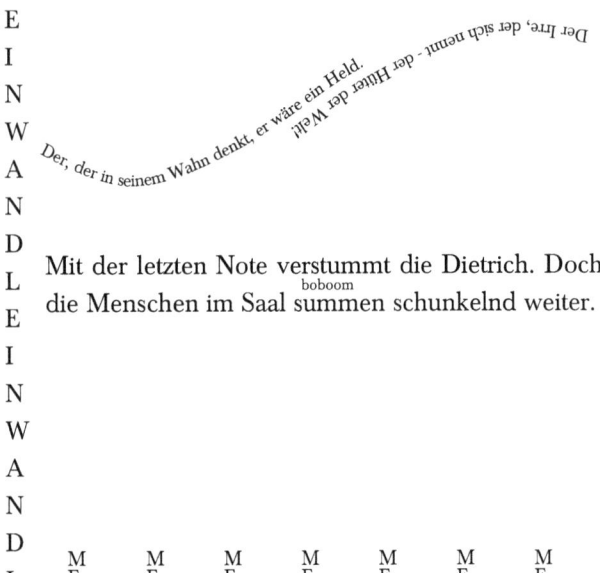

Der, der in seinem Wahn denkt, er wäre ein Held.

Der Irre, der sich nennt - der Hüter der Welt!

Mit der letzten Note verstummt die Dietrich. Doch die Menschen im Saal summen (boboom) schunkelnd weiter.

MENSCH MASSE MASSE MASSE MASSE
MENSCH MASSE MASSE MASSE MASSE
MENSCH MASSE MASSE MASSE MASSE
MENSCH MASSE MASSE MASSE MASSE
MENSCH MASSE MASSE MASSE MASSE
MENSCH MASSE MASSE MASSE MASSE
MENSCH MASSE MASSE MASSE MASSE

SITZ SITZ SITZ SITZ SITZ SITZ SITZ SITZ

SITZ SITZ SITZ SITZ SITZ SITZ SITZ

Ich

SITZ SITZ SITZ SITZ SITZ SITZ SITZ SITZ

hier

SITZ SITZ SITZ SITZ SITZ SITZ SITZ

SITZ SITZ SITZ SITZ SITZ SITZ SITZ SITZ

ANDLEINWANDLEINWANDLEINWAND

Lars klettert zu ihr aufs Podest.

In einer Stunde bringst du sie
über den Hinterausgang zurück
an die Oberfläche. Sie werden
meine Macht über diese Stadt
stärken, werden Ohr und Auge
sein. Noch eine letzte Nacht
und dann
boboom

kann uns der Hüter nichts
mehr anhaben!

LEINWANDLEINWANDLEINWANDLEIN

L
E
I
N
W
A
N
D
L
E
I
N
W
A
N
D
L
E
I

SITZ SITZ SITZ SITZ SITZ SITZ SITZ SITZ

SITZ SITZ SITZ SITZ SITZ SITZ SITZ

SITZ SITZ SITZ SITZ SITZ SITZ SITZ SITZ

SITZ SITZ SITZ SITZ SITZ SITZ SITZ

SITZ SITZ SITZ SITZ SITZ SITZ SITZ SITZ

LEINWANDLEINWANDLEINWANDLEINW

L
E
I   Uns, Darling? Ist er dir nicht schon dreimal entkom-
N   dreimal in deine Schranken gewiesen? Du solltest
W
A
N   *boboom*
D
L   Natürlich wolltest du das nicht. Und doch warst du
E   der Hüter sei vom Schicksal selbst auserwählt.
I
N
W
A
N
D

E
I
N
WANDLEINWANDLEINWANDLEINWAND

SITZ SITZ SITZ SITZ SITZ SITZ SITZ SITZ

   SITZ SITZ SITZ SITZ SITZ SITZ SITZ
                    Ich
SITZ SITZ SITZ SITZ SITZ SITZ SITZ SITZ
                    hier
   SITZ SITZ SITZ SITZ SITZ SITZ SITZ

SITZ SITZ SITZ SITZ SITZ SITZ SITZ SITZ

198

ANDLEINWANDLEINWANDLEINWAND

men? Hat er dich nicht schon *boboom*

ihn nicht unterschätzen.

Es tut mir leid! Ich wollte
nicht unverschämt sein!

es. Mäßige dich lieber! Es heißt,

Das kann nicht sein. Er ist
schwächlich und voller Selbst-
zweifel. Warum sollte das
boboom Schicksal einen Jungen aus-

LEINWANDLEINWANDLEINWANDLEIN

MENSCH MASSE MENSCH MASSE MENSCH MASSE MENSCH MASSE MENSCH MASSE MENSCH MASSE MENSCH MASSE

SITZ SITZ SITZ SITZ SITZ SITZ SITZ SITZ

SITZ SITZ SITZ SITZ SITZ SITZ SITZ

SITZ SITZ SITZ SITZ SITZ SITZ SITZ SITZ

SITZ SITZ SITZ SITZ SITZ SITZ SITZ

SITZ SITZ SITZ SITZ SITZ SITZ SITZ SITZ

LEINWANDLEINWANDLEINWANDLEINW
E
I   *boboom*
N
W
A
N   Wer weiß das schon, Darling, wer weiß? Ich jeden-
D   Nacht mit der Transformation beginnen können.
L
E
I
N
W
A
N
D
L
E
I
N

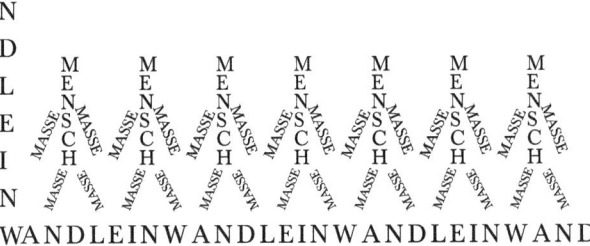

WANDLEINWANDLEINWANDLEINWAND

SITZ   SITZ   SITZ   SITZ   SITZ   SITZ   SITZ   SITZ

SITZ   SITZ   SITZ   SITZ   SITZ   SITZ   SITZ

Ich
SITZ   SITZ   SITZ   SITZ   SITZ   SITZ   SITZ   SITZ
hier

SITZ   SITZ   SITZ   SITZ   SITZ   SITZ   SITZ

SITZ   SITZ   SITZ   SITZ   SITZ   SITZ   SITZ   SITZ

ANDLEINWANDLEINWANDLEINWAND

L
E
I
N
W
A
N
D
L
E
I
N
W
A
N
D
L
E
I

wählen, wenn diese Welt voll
starker Männer ist? Selbst sein
bester Freund wäre eine klü-
gere Wahl gewesen.

falls bin froh, wenn wir morgen
Die Zeit ist mit uns, heißt es.

boboom

boboom

MENSCH MENSCH MENSCH MENSCH MENSCH MENSCH MENSCH
MASSE MASSE MASSE MASSE MASSE MASSE MASSE MASSE MASSE MASSE MASSE MASSE MASSE MASSE

LEINWANDLEINWANDLEINWANDLEIN

SITZ SITZ SITZ SITZ SITZ SITZ SITZ SITZ

SITZ SITZ SITZ SITZ SITZ SITZ SITZ

SITZ SITZ SITZ SITZ SITZ SITZ SITZ SITZ

SITZ SITZ SITZ SITZ SITZ SITZ SITZ

SITZ SITZ SITZ SITZ SITZ SITZ SITZ SITZ

201

Der Klang

        meines Herzens

                riss mich aus der

                        Vorführung.

                   Ich

             schoss

T   aus den   T
Ü   Ü
R   R
E   E
N   N

             heraus

ü b e r   d i e   S t r a ß e   h i n w e g

in die Dunkelheit hinein   und

                        u
T   r   *T*
U T   c   *T U*
N U T   h   *T U N*
N N U T   *T U N N*
E N N U T   *T U N N E*
L E N N U T   *T U N N E L*
   L E N N U   d   *U N N E L*
      L E N N   e   *N N E L*
        L E N   n   *N E L*
          L E   *E L*
            L   *L*

    zurück in mein Zimmer.

         Mit rasendem Atem wachte ich auf.

PAFF, DER ZAUBERDRACHEN

#marlenedietrich

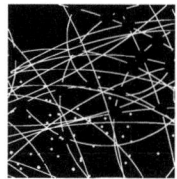

Also du hast in einem Kino gesessen und alles, was Lars gesehen hat, konntest du auf der Leinwand verfolgen?

Jup, so war das.

Alter, wie krass ist das denn!?! Du beamst dich in ein selbst erschaffenes Kino und beobachtest den Feind. Das ist ja besser als jeder Bond-Streifen!

#woerrechthathaterrecht
#seinnameistbrandsimonbrand
#derspionderindaskinoging
#blödertitel

Zumindest war es eine angenehme Art der Spionage. Ich konnte mich zurücklehnen und habe alles mitbekommen und das ganz ohne in Gefahr zu sein. Besser geht's echt nicht.

Naja, so völlig ungefährlich war das jetzt auch nicht. Wenn Lars dich bemerkt hätte...

...hat er aber nicht, Marten. Und genau deshalb wissen wir jetzt, dass sie morgen mit der Transformation beginnen wollen. ... Was immer das ist.

Dürfte ich eine Vermutung äußern, meine Herren?

Klar, N.I.N.I.!

Vielleicht erinnern Sie sich daran, dass der Dunkelweltler in Ruhla die Stadt zu einer Art Verstärker umbaute?

#ohja
#daranerinnereichmichaufjedenfall
#weißtduauchnochwarumerdasgemachthat

Um den Energiefluss des Universums zu verstärken!

Das war nur eine Annahme, Simon, Sie können nicht mit Bestimmtheit sagen, dass die Veränderungen diesem Zweck dienen.

Ja, ja, ja – du weißt doch, was ich immer über Klugscheißer sage!

Ich habe lediglich die Sachlage wiedergegeben.

#N.I.N.I.hatsauchechtnichtleicht

Und das hast du ganz wunderbar gemacht. Kommen wir lieber zurück zu unserem aktuellen Fall. Meinst du, die Dietrich will das hier auch durchziehen?

Ausgehend von dem von ihr verwendeten Terminus Transformation ergeben meine Berechnungen, dass dies ein in hohem Maße mögliches Ziel zu sein scheint.

#ok...weil
#lasssiedochmalausreden
#istjagutduollermeckerkopp
#seidihrjetztbeidestillverdammt #ichwillzuhören

Eine Transformation beschreibt den Vorgang einer Veränderung von einem Zustand in einen anderen. Da es erklärtes Ziel der Dunkelweltler ist, die Erde umzugestalten, können wir davon ausgehen, dass es um eine verbotene Umwandlung der Stadt geht.

Aber in Ruhla wurden die Umbauten über Jahrhunderte hinweg geplant und ausgeführt. Wenn das in Berlin geschehen wäre, hättest du das doch bemerkt.

Diese Annahme ist korrekt, Simon. Aber die Aggressivität, mit der die dunkle Seite ihre Pläne in der letzten Zeit vorangetrieben hat, lässt die begründete Vermutung zu, dass Ihre Gegenspielerin eine außergewöhnlich aufwendige Transformation plant. Es könnte die gesamte Stadt betroffen sein.

#diewollenberlinumbauen
#nadannvielglückdabei
#wieso
#daranscheiterndiestadtplanerseitjahrhunderten

Das würde erklären, warum sie die Klubbesucher anlockt und ihre Körper übernimmt. Sie braucht deren Lebensenergie, um die Stadt neu gestalten zu können.

Äh ... dürfte ich als Außenstehender dazu einige Fragen stellen?

Das tust du doch unentwegt, also raus damit, Marten.

#martenhatteichganzvergessen
#dubistvollunaufmerksam
#psssst

Wenn in dem Klub jeden Abend Menschen ... wie sagt ihr immer ... übernommen werden – wie viele sind denn dann schon in ihrer Gewalt?

Gute Frage. Wie wäre es mit einer begründeten Schätzung, N.I.N.I.? Die magst du doch so.

Konservativ geschätzt dürften mittlerweile etwa 20160 Menschen übernommen worden sein.

Ok ... das klingt jetzt nicht nach besonders viel. Reicht das denn, um Berlin umzugestalten?

Die Zahl mag in Anbetracht der Gesamtbevölkerung Berlins klein wirken. Aber bedenken Sie, Marten, dass in Zollperding wesentlich weniger Menschen ausreichten, um Sophie genug Energie für die Umgestaltung der kleinen Stadt zur Verfügung zu stellen. Die soeben von mir geschätzte Zahl an kompromittierten Individuen führt dem Wesen der dunklen Seite mehr als ausreichend Energie zu.

Verstanden. Dann die nächste Frage: Ihr habt gesagt, dass es verboten ist, belebte Welten umzugestalten. Wenn die Dietrich so etwas mit der Hauptstadt eines europäischen Landes macht, fällt das dann nicht auf?

206

Klar fällt das auf. Sie verändert ja nicht nur die Struktur Berlins, sondern sie nimmt dabei auch keine Rücksicht auf die Menschen, die in der Stadt leben. Die meisten würden dabei draufgehen.

#wieineinemfilmvonrolandemmerich
#javolleractionundunlogischertwists

Sorry, aber das muss ihr doch klar sein.

Natürlich ist ihr das klar, aber sie ist die Böse! Schon vergessen?

Neeee, nicht vergessen. Aber denk doch mal nach, Alter! Etwas so Auffälliges stürzt nicht nur die Welt ins Chaos, sondern verstößt auch noch gegen irgendwelche uralten, interdimensionalen Verträge.

Ja und?

Na das mache ich doch nicht, wenn ich nicht der Meinung bin, dass es sich lohnt!

Ich versteh kein Wort.

#ichauchnicht
#waswillerdenn

Echt jetzt? Unfassbar, dass du der Hüter der Welt bist und ich nur dein Helferlein.

Du bist mehr als mein Helferlein, das weißt du!

Darum geht's nicht, Simon! Was ich zu sagen versuche, ist, dass eine so große Veränderung nur gemacht wird, wenn es danach nichts mehr zu verlieren gibt!

#ohjetztweißichwasermeint
#wasdenn
#wiesobistdueigentlichimmersoschwervonbegriff
#vollgemeinvondir
#ichwiederholemichgernmiteinempssst

Ich vermute, Ihr Freund möchte andeuten, dass mit der Transformation ein größerer Plan in Gang gesetzt wird, dessen Umfang und Ziel die Intervention eines Hüters der Welt nicht mehr gefährdet.

Dankeschön, N.I.N.I., du hast es begriffen! Vielen Dank!

Hey, kein Grund für Sarkasmus!

Sorry, Alter, aber manchmal stehst du echt auf der Leitung. Dabei gibt es sogar jetzt schon ausreichend Hinweise darauf, dass sich bereits irgendetwas verändert hat.

Bist du jetzt Hellseher oder was?

Wohl eher ein guter Beobachter, Herr Brand.

Und was hat der Herr Holm beobachtet?

#daswillichjetztaberauchmalwissen

Mir ist aufgefallen, dass seit deiner Erweckung von den Toten niemand mehr über einen großen oder kleinen Zeitsprung gesprochen hat. ... Nicht, dass ich die mitbekommen würde, aber bisher habt ihr mir davon zumindest berichtet.

Er hat recht, N.I.N.I.! Ich habe keine Zeitsprünge mehr gespürt. Wie sieht's an deiner Sensorenfront aus?

Das Zeitkontinuum wurde seit Ihrem Ableben nicht mehr verändert.

Ok, erstens – das mit den Zeitsprüngen setzen wir auf die Liste der Geheimnisse, die es noch zu ergründen gilt. Und zweitens – könnten wir vielleicht nicht mehr davon sprechen, dass ich tot war?

Jetzt hab dich nicht so. Ich jammere ja auch nicht rum, weil ich von einem Alien kontrolliert wurde.

Das ist gar nicht zu vergleichen, Marten.

Simon Brand, du willst doch jetzt nicht wirklich einen Wettstreit starten, wer von uns mehr durchgemacht hat, oder?

Nein, natürlich nicht. Bleiben wir bei der Sache. Angenommen, du hast recht, dann müssen wir das, was auch immer der große Plan ist, unbedingt verhindern. Es darf nicht ausgeführt werden!

Wie wollen Sie Ihre Gegenspielerin stellen, Simon?

Wir gehen in den Klub.

#dasistmalaufdenpunkt

Das scheint mir kein besonders ausgereifter Plan zu sein. Sie sollten ihn etwas spezifizieren.

Richtig erkannt, N.I.N.I., aber wir haben keine Wahl. Was immer sie vorhat, morgen Abend wird es passieren. Wir müssen sie also vorher aufhalten. Deshalb schleichen wir uns am Mittag ins *Johnny* und machen sie platt!

Das ist immer noch kein Plan, Alter! Die Frage ist doch: Wie wollen wir sie plattmachen?

#rambo
#oderrocky
#unterbrichmichdochnichtimmer
#ichschmeißeuchgleichrauswennihrnichtstillseid

Nee, nee, nee – nicht wir, ich! Du kommst auf keinen Fall mit!

Und wie ich mitkommen werde!

Marten, ich kann nicht die Dietrich bekämpfen und zugleich auf dich aufpassen! Du bleibst hier!

Und wer fährt dich dann zum Klub?

Äh ... ich passe meinen Satz an: Du bleibst im Auto vorm Klub.

Also wir fahren erstmal hin und sehen dann weiter, alles klar.

Das hab ich nicht gesagt!

Aber ich habe es gehört und jetzt wollen wir nicht streiten, sondern Zähneputzen und ins Bett gehen. Morgen wird ein harter Tag. ... Kommst du?

Marten! ... Jetzt sag doch auch mal was dazu, N.I.N.I.!

Vor kurzer Zeit hätte ich Ihnen noch uneingeschränkt zugestimmt, Simon, aber mittlerweile hat sich Ihr Freund immer wieder als ausgesprochen hilf- und einfallsreich erwiesen. Ich würde Ihnen daher empfehlen,

210

seine Fähigkeiten, Ihnen beistehen zu können, nicht zu unterschätzen. Meine Berechnungen zeigen, dass seine Mitnahme Ihnen einen Vorteil verschaffen...

Toll. Ihr habt euch beide gegen mich verschworen. Ich wusste, dass mir eure neue Freundschaft nicht gefallen würde.

Aber es war doch Ihr klar formulierter Wunsch, dass ich mich Ihrem besten Freund offenbare.

#volldiedramady
#ichliebeeineguteserie
#hauptsachesieendetnichtmiteinemcliffhanger

Schon gut, N.I.N.I., du hast ja recht. Kein Grund zu verzweifeln.

Nachdem ihr das geklärt habt, verweise ich erneut auf meinen Vorschlag Zähne zu putzen und verlasse nun als gutes Beispiel vorangehend den Raum.

Also schön, du Spinner, ab mit dir ins Bad und dann ins Bett. Schlafenszeit.

#ohja
#dannmachenwirjetzteinelesepause
#ichholschnelleinpaarsnacks

Am nächsten Morgen gönnten wir uns wieder ein ausführliches Frühstück. Seit ich Hüter der Welt geworden bin, mache ich das eigentlich jeden Tag. Man weiß ja nie, ob es nicht das letzte ist, und ich frühstücke einfach zu gern.

#daskennich
#echt #ichbinmehrderabendbrottyp
#abendszuessenmachtdochvolldick
#alter #gehtsnoch #nobodyshaming

Danach machten wir uns für die Abfahrt bereit. Marten holte die Autoschlüssel und ich ging in mein Zimmer, um Annas Hammer mitzunehmen. Sie hatte ihn mir in Ruhla überlassen und seitdem lag er unter meinem Bett. Vielleicht konnte er heute hilfreich sein.

#hundertproistderheutehilfreich
#spoilerstduschonwieder
#nadaskannsichdochnunwirklichjederdenken
#wiewärsmalmitgendernalter
#jede*r
#danke

In den letzten Wochen hatte ich mich immer wieder gefragt, ob es ihr gut ging. Allein mit dem Berggeist in der Dimensionsfalte festzuhängen – ich weiß nicht, ob ich das aushalten würde. Wenn die Dietrich in die Mauern ihres Klubs gebannt war, dann musste ich nach einem Weg suchen, um Anna zu helfen.

Kommst du, Simon?

Was?

Ich hab gefragt, ob du fertig bist. Können wir los?

Ja, klar. Ich hab nur noch den Hammer geholt. ... Wo ist N.I.N.I.?

Warte, die hab ich ... da ist sie. Ich hab noch ihr Display geputzt, damit sie mit dir zusammen glänzen kann.

Du hast sie geputzt? ... Wow. ... Ihr beide seid echt ziemlich schnell richtig eng geworden, oder? Wenn Sie dich jetzt schon ihr Display putzen lässt.

Nehmen meine Sensoren etwa Ironie in Ihrer Stimme wahr, Simon?

Keine Ahnung, N.I.N.I., tun sie das?

Nun bin ich sogar sehr sicher, dass Sie sich ironisch über die neue Beziehung äußern, die sich zwischen Ihrem besten Freund und mir entwickelt hat.

Also ... Beziehung ist aber ein großes Wort, N.I.N.I.! Was soll ich Jenni sagen?

Schau an, wie rot er wird! So niedlich. Der große, starke Marten Holm und das kleine, kluge Handy – cringe!

N.I.N.I. ist ein Smartphone. Hust.

Haben Sie vielen Dank für die Richtigstellung, Marten, aber es nicht notwendig, dass Sie mich verteidigen. Ich habe mich bereits an Simons altmodische Bezeichnung gewöhnt. Er ist eben ausgesprochen 90er.

#dashatgesessen

Ok, verstanden – ihr zwei seid das neue Dreamteam à la Hart aber herzlich. Können wir jetzt endlich zum Klub fahren?

Selbstverständlich, Herr Brand, wenn ich bitten darf – mein Wagen steht Ihnen zur Verfügung.

Nach etwa 40 Minuten erreichten wir den Klub. Marten parkte in einer Seitenstraße, schaltete den Motor aus und schaute mich fragend an.

Wie geht's jetzt weiter?

Du bleibst hier im Auto und wartest auf mich.

Oder ich...

Nein, Marten! Kein Oder. Du bleibst hier und wenn du irgendetwas Komisches bemerkst, dann verlässt du sofort die Stadt. Alles klar?

Definiere Komisches.

Marten! Das ist kein Spaß! Du bist gegen die Kontrolle der Dunkelweltler nicht geschützt.

Ist ja gut!

Also, was machst du?

Ich warte im Auto und wenn ich etwas Ungewöhnliches wahrnehme, fahre ich aus der Stadt raus.

Danke! ... Und jetzt wünsch uns Glück!

Viel Glück euch beiden!

Mit N.I.N.I. in der Tasche und dem Hammer in der Hand stieg ich aus dem Auto. Bis zum *Johnny* war es nicht weit. Das Tor zum Hinterhof stand offen. Ein LKW parkte davor. Offenbar wurde der Klub gerade mit frischen Getränken beliefert.

Ok, N.I.N.I., wie sieht's aus?

Im Innenhof befinden sich drei Menschen. Ob sie unter Kontrolle Ihrer Gegnerin stehen, lässt sich nicht bestimmen.

Und im Klub?

Meine Sensoren orten eine ungewöhnlich hohe dunkelweltlerische Energiedichte.

Das klingt nicht gut. Heißt das, da sind mehr als zwei drin?

Entweder handelt es sich um eine sehr große Zahl an Dunkelweltlern oder Ihre Gegenspielerin greift auf den Energiefluss des Universums zu.

Gibt es hier einen Zugang zum Energiefluss?

In meiner Datenbank ist an dieser Stelle kein Knotenpunkt markiert.

Also sind das alles Dunkelweltler.

Das ist eine höchst valide These.

Wo kommen die alle her? Wir haben doch in letzter Zeit kaum Verstöße wahrgenommen.

Um Ihre Frage zu beantworten, liegen mir zu wenig Daten vor. Ich könnte allerdings berechnen, welches Ereignis prozentual am ehesten dafür verantwortlich sein könnte.

Gut, mach das. Spekuliere.

Es läge im Bereich des Möglichen, dass sich die Dunkelweltler absichtlich im Hintergrund gehalten haben, um, einem größeren Plan folgend, keine Aufmerksamkeit auf sich zu ziehen. Die wenigen Vorfälle der letzten Wochen, die Sie zu klären hatten, wären in einem solchen Szenario Ablenkungsmanöver gewesen.

Dann hat die Dietrich Handlanger geschickt, um mich zu beschäftigen, während sie dabei war, alles für ... den großen Plan vorzubereiten?

Dies ist eine adäquate Analogie.

Das nervt so richtig!

Es tut mir leid, wenn Sie sich dadurch emotional beeinträchtigt fühlen.

Schon gut. Ich bin ja selbst schuld. ... Wir gehen da jetzt rein und verschaffen uns einen Überblick.

Vorsichtig schlich ich durch die Toreinfahrt. Die Tür zum Klub stand offen und niemand war zu sehen. Mit flinken Schritten lief ich darauf zu.

Warten Sie Simon, da kommt jemand...

Nanu, was machst du denn hier?

216

Vor mir stand ein zwei Meter großer Typ mit Glatze und Winterbomberjacke.

Äh ... ich suche...

Warte mal, wir kennen uns doch. Du warst erst vor ein paar Tagen hier! Das Geburtstagskind, richtig?

Und Sie waren die faszinierende Dragqueen, die ich einfach wiedersehen musste! Gut, dass mein Kumpel Sie gefunden hat.

Wie aus dem Nichts war Marten Holm aufgetaucht und kümmerte sich um den Riesen.

Darling, du bist meinetwegen zurückgekommen? Ich wusste doch, dass mehr in dir steckt als so eine verstockte Hete.

Also verstockt bin ich nun wirklich nicht. Ich bin sogar ziemlich gut darin Männerfreundschaften zu pflegen. Aber so oder so – Hete bleibt Hete, sorry! Trotzdem will ich natürlich mein Wissen erweitern und wenn ich Sie hier so sehe – wären wir uns auf der Straße begegnet, hätte ich im Leben nicht gedacht, was für eine wunderschöne Frau in Ihnen steckt. Wie machen Sie das?

Marten Holm lächelte fragend und der Mann lächelte erfreut zurück. Dass sich jemand für seine Kunst interessierte, schmeichelte ihm ungemein.

Ich weiß gar nicht, wo ich anfangen soll.

Am Beginn natürlich. Folgen Sie bei den Vorbereitungen immer einer Idee oder lassen Sie sich im Prozess der Verwandlung vom Urteil Ihres Spiegels beeinflussen?

#kafkalässtgrüßen

Es gibt immer einen Plan, Schätzchen. Keine Kunst entsteht vollkommen planlos, selbst, wenn man dem Plan folgt, keinem Plan zu folgen.

Ich verstehe. Und wie detailliert ist Ihr Plan?

Das hängt stets vom Anlass ab. Für die Arbeit im *Johnny* wähle ich zum Beispiel meist aggressivere Kontraste, um den Leuten gleich deutlich zu machen – an mir kommst du nicht vorbei! Auf Kleinkunstbühnen bin ich zurückhaltender. Manchmal stehe ich auch als ich selbst auf der Bühne ... zum Beispiel, wenn ich meine Gedichte vorlese.

Gedichte schreiben Sie auch? Wow! Und die tragen Sie dann ohne Maske vor?

Manchmal mit und manchmal ohne. Ich hatte im letzten Sommer einen Auftritt in Mecklenburg, da habe ich als Luriana begonnen und mich beim Lesen langsam wieder in Dennis verwandelt.

Dennis ist Ihr richtiger Name und Luriana Ihr Künstlername, oder?

Ganz genau.

Und unter welchem Namen veröffentlichen Sie Ihre Gedichte? Kann man die kaufen?

Ach, du bist ja süß! Die veröffentliche ich nur auf mei-

218

ner Homepage, aber ich hab mal einen Preis beim Queeread gewonnen.

Respekt!

Plötzlich hielt Dennis inne und sah sich um. Marten fürchtete, seine nächste Frage bereits zu kennen:

Wo ist eigentlich dein Freund hin?

Wie bitte?

Was für ein Glück, dass Marten sich nicht an meine Anweisungen gehalten hatte. Der große Mann war direkt auf ihn fixiert und ich konnte mich langsam in Richtung Klub zurückziehen. Mit dem Hammer in der Hand schlich ich durch den dunklen Flur bis zum großen Saal. Die Lichter waren gedimmt und Brigitte Helm schwebte mit geschlossenen Augen zwischen dem Spiralgang. Ohne all die Menschen kam ich mir hier plötzlich ausgesprochen winzig vor. Dieser Raum war gigantisch. Aber das Haus gab diese Größe eigentlich gar nicht her. Die Dietrich musste die Innenwelt umgestaltet und so künstlich vergrößert haben.

Achtung, Simon, ich nehme Veränderungen im Raum wahr. Es sammelt sich dunkelweltlerische Energie.

Wo, N.I.N.I.?

Direkt vor Ihnen!

Die Maschinenmenschfrau öffnete die Augen. Ein Blitz schoss daraus hervor und als er auf die Wand gegenüber traf, sah ich mich selbst ... und Lars, wie er mir von hinten ein Messer ins Herz rammte. Blut schoss in pumpenden Schüben aus der Wunde. Aber es schien nicht auf der Wand zu bleiben. Stattdessen färbte es den Raum rot und lief über den Boden auf mich zu. Ich stolperte rückwärts, aber von allen Seiten blutete es von den Wänden herab, während mein Ich auf der Wand röchelnd zusammenklappte.

Simon, ich registriere, dass sich Ihr Pulsschlag massiv erhöht. Bitte beruhigen Sie sich.

Da ist überall Blut, N.I.N.I.!

Das ist eine Projektion, Simon.

Er hat mich erstochen! Ich ... ich war tot! ... Ich bekomm keine Luft mehr!

Sie haben eine Panikattacke.

#achduschande
#wasmachtmandennda

Das ... das ... merke ich selber! Was ... soll ich tun?

Atmen Sie gleichmäßig. ... Ein und aus. ... Ein und aus. ... Diese Erinnerung ist nicht mehr real. Sie sind am Leben, Simon!

Aber nur durch ... nur durch Glück! Ich sollte gar nicht mehr leben!

Ich glaube nicht, dass Glück etwas mit Ihrer Rettung zu tun hatte. Die Zeitlinie wurde meiner Analyse nach bewusst verändert. Jemand wollte, dass Sie am Leben bleiben. Und jetzt müssen Sie sich konzentrieren. Das We-

220

sen, dass Sie als Lars kennengelernt haben, ist auf dem Weg hierher.

Etwas zischte hinter mir. Nervös drehte ich mich um. Die Fahrstuhltüren unterhalb der Bar öffneten sich, dann schossen schwarze Perlen auf mich zu.

Nutzen Sie den Hammer, um sich zu verteidigen, Simon!

Ich hielt Annas Hammer fest in der Hand und als die Perlen mich erreichten, schlug ich zu. Als hätte sich eine unsichtbare Wand aufgebaut, prallten sie von mir ab, flossen ineinander und nahmen schließlich die Form von Lars an.

Simon, mein Schatz. Ich freue mich so, dich zu sehen!

Ich starrte ihn an und konnte nichts sagen.

Nanu. Hat dir dein Schoßhund das Leben, aber keine Zunge geschenkt?

Die Panik kroch langsam wieder in mir hoch. Ich spürte, wie mein Körper die Luft anhielt.

Ich mache dich nervös! ... Weil ich versucht habe, dich zu töten? Oder weil du dich in mich verliebt hast?

Simon, bitte atmen Sie!

Es ist schon traurig, wie du dich an mich geklammert hast. So voller Sehnsucht nach Liebe. Es war fast zu leicht. Aber eben auch nur fast – denn sieh dich an: Hier stehst du. Noch immer. Und dabei habe ich mir so viel Mühe gegeben, um dich auszuschalten.

221

Simon, Sie müssen Luft holen!

Dein Werkzeug redet mit dir, Simon! Willst du ihm nicht gehorchen?

Er stand nun ganz dicht vor mir und schnippte mit den Fingern vor meinen Augen. Aber ich konnte einfach nichts tun. Zu wissen, dass er mich mehr als einmal umgebracht hatte, und es dann auch noch auf der Wand zu sehen, in meinem eigenen Blut zu stehen – das war zu viel! Seine Hand griff nach meiner Kehle. Der Hammer fiel herunter. Sein Gesicht war nun ganz nah. Unsere Lippen trennten nur noch Millimeter.

Simon, Sie müssen kämpfen! Haben Sie verstanden?

Die andere Hand glitt meinen Oberkörper entlang, rutschte über meinen Schritt und griff in meine Hosentasche. Dann flog N.I.N.I. durch den Raum. Ich war allein mit ihm. Der Druck um meine Kehle nahm zu.

Wenn ich gewusst hätte, dass es so einfach ist, dann hätte ich dir deinen Tod schon früher gezeigt und mich nicht unentwegt mit dir abgeben müssen.

Es wurde immer dunkler um mich herum. Meine Beine wollten nicht mehr stehen.

Leb wohl, Simon.

Ich drohte, in eine schwarze Nacht zu gleiten. Das war also das Ende. Wie oft war ich diesen seltsamen Weg schon gegangen? Sah er immer gleich aus? Waren es immer die zunehmende Dämmerung, die tiefschwarze Nacht und die ohrenbetäubende Stille, die mich empfangen hatten? Und folgten Ihnen immer dieses Licht und der schreiende Lärm?

Ich stürzte zu Boden und zwang meinen Körper, nach Luft zu schnappen. Nur schmerzhaft presste sie sich durch Nase und Mund in die Lungen. Mein Bewusstsein kehrte zurück. Intuitiv griff ich nach dem Hammer.

Lars prallte gerade am anderen Ende gegen eine Wand. Das helle Licht verschwand langsam. Es schien eine Art Spalt im Raum gewesen zu sein. Eine Gestalt hatte ihn verlassen und kam auf mich zu. Hände griffen nach mir. Sie stellten mich auf die Beine. Ich schaute in vertraute Augen.

#ingisback

Ing!

#hastdudasjetztechtgeradegespoilert
#sorry

Marten Holm tat so, als hätte er die Frage nicht verstanden. Vielleicht ließ sich die Situation ja noch retten.

Ich hab gefragt, wo dein Freund hin ist.

Keine Ahnung. Bestimmt ist er zurück zum Auto. Die Türverriegelung geht nicht mehr richtig und darum muss immer einer von uns dableiben.

Schätzchen, hältst du mich für so dumm?

Nein, natürlich nicht!

Ihr wart letztens zusammen im Klub. Wer bitte hat denn

da auf dein Töfftöff aufgepasst? Der Nikolaus oder der Weihnachtsmann?

Äh ... meine Schwester?

Alles klar. ... Du warst auch einfach zu nett, um wahr zu sein. ... Er ist im Klub, oder?

Als der Mann Marten zur Seite schieben wollte, griff er nach dessen Handgelenk und hielt ihn fest.

Bitte! Sie können da jetzt nicht rein!

Dennis schaute Marten von oben herab an. Irgendetwas hatte dieser junge Typ an sich, das ihn faszinierte. Aber war das gerade eine Bitte oder eine Drohung gewesen? War es überhaupt wichtig? Er hatte eine Aufgabe zu erfüllen. Er musste den Klub bewachen und dafür sorgen, dass nicht jeder dahergelaufene Hans Wurst Eintritt fand. Langsam löste er Martens Griff.

Hör zu, Kleiner, es war nett, mit dir zu plaudern. Aber das hier ist mein Job. Ich halte Menschen auf, damit sie den Klub nicht ohne Erlaubnis betreten. Du kannst dir jetzt überlegen, ob wir deinen Freund da zusammen rausholen und ihr euch verzieht, oder ob ich allein reingehe, die Polizei rufe und ihn verhaften lasse.

Ich komme mit! ... Und nur, um das klarzustellen: Ihre Gedichte interessieren mich wirklich!

Dein Freund hat Glück, dass du so ein Schnuckelchen bist. Sonst säße er heute Abend mit einer Anzeige wegen Hausfriedensbruch im Knast.

Marten Holm und der große Mann betraten den langen Flur zum Hauptsaal. Marten war klar, dass er nur noch wenige Augenblicke hatte, um eine Entscheidung zu treffen.

Deine Stärken und deine Schwächen liegen in dir, Simon. Er kann dir nichts anhaben, wenn du ihm nicht die Macht dazu gibst. Kämpfe mit Selbstvertrauen, nicht mit Angst. Er hat dich verletzt...

Er hat mich getötet, Ing!

Aber du bist hier, Simon Brand. Du lebst!

Eine schwarze Perlenschnur schoss durch den Raum und schleuderte Ing von mir fort. Bevor sie nach mir greifen konnte, schwang ich den Hammer in der Luft. Die Perlen prallten ab. Wo war N.I.N.I.?

Ing und Lars stürzten aufeinander los. Als sie sich berührten, verloren sie ihre menschliche Form. Weiße und schwarze Perlen explodierten im Raum, sammelten sich wieder und bildeten zwei ineinander verbissene Drachen.

#godzillavsgodzilla
#denfilmgibtsdochgarnicht
#seidstillichwillwissenwaspassiert

Endlich fand ich N.I.N.I. einige Meter entfernt auf dem Boden liegend. Mit schnellen Schritten jumpte ich hin und hob sie auf.

Der weiße Drache durchstach mit seinem Schwanz den schwarzen, doch dieser löste sich auf. Dann umfloss er den weißen und zog sich dabei immer enger zu einer Kugel zusammen. Ing kämpfte dagegen an, aber Lars schien stärker zu sein.

Was passiert da, N.I.N.I.?

Der Dunkelweltler zieht sich zusammen und presst Ing in eine feste Form. Wenn es ihm gelingt, kann er ihn zerbrechen und sich die Überreste einverleiben.

Die Form des weißen Drachens wurde kompakter, fester und immer weniger beweglich. Ein seltsames Geräusch wie das Ächzen von brechendem Stahl hallte durch den Saal.

Ich muss Ing helfen! ... Aber ich brauche dazu deine Hilfe!

Ich bin Ihre N.I.N.I.! Was benötigen Sie?

Wenn ich den Hammer benutze, dann scheint eine Art Wand zu entstehen, an der Lars abprallt. Kann ich diesen Effekt irgendwie zeitlich verlängern?

Der Hammer bezieht seine Energie aus Ihnen. Sie bestimmen, wie und wie lange sich diese manifestiert.

Es gibt also kein Limit?

Das Limit sind Ihre Konzentration und Ihre Kraft. Die Macht des Hammers hält so lange an, wie Sie fokussiert bleiben können.

Das Ächzen wurde lauter. Erste Risse bildeten sich auf Drachen-Ings Oberfläche.

Ich habe eine Idee, aber du musst mich anleiten.

Wobei soll ich Sie anleiten, Simon?

Ich muss den Hammer mit Energie versorgen und gleichzeitig versuchen, in mich zu gehen, um Lars zu kontrollieren.

Davon möchte ich abraten. Sie sind ungeübt in dieser Technik und ich halte es für ausgesprochen unwahrscheinlich, dass Sie es schaffen, Ihren Geist und Ihre Energie parallel auf zwei Fokuspunkte auszurichten.

Und genau deshalb musst du mich unterstützen! Ich brauche deine Stimme, um mich daran zu erinnern, dass ein Teil von mir den Hammer stärkt, während der andere Lars aufhält.

Ich möchte wiederholen, dass ich dies für keine gute Idee halte.

Tu es einfach!

Wie Sie wünschen. Bitte konzentrieren Sie sich auf den Hammer und schwingen Sie ihn in Kreisen über Ihrem Kopf. Dabei stellen Sie sich vor, dass Sie von einem Iglu aus Energie umgeben sind.

Alles klar.

Ich schwang den Hammer über meinem Kopf. Er sauste durch die Luft, während sich schützende Energien um uns herum aufbauten.

#alsodochthorshammer
#wahnsinn
#obmarveldasauchmalverfilmt

Wenn ich es Ihnen sage, greifen Sie den Hammer mit beiden Händen, führen ihn vor die Brust und setzen sich auf den Boden. Halten Sie den Hammer dabei auf Herzhöhe. ... Sind Sie bereit, Simon?

Ja, es kann losgehen!

Dann greifen Sie jetzt mit der zweiten Hand zu und setzen Sie sich langsam.

Ich nahm die zweite Hand zum Stiel des Hammers, hob ihn über den Kopf und führte ihn dann auf die Höhe meines Herzens. Ein unsichtbarer und doch irgendwie sichtbarer Energiefluss schien gerade nach oben zu strömen und mich wie ein Schirm zu umschließen. Langsam setzte ich mich.

Sehr gut, Simon. Spüren Sie den Hammer in Ihren Händen. Versuchen Sie, dieses Gefühl nicht zu verlieren, wenn Sie sich nun auf die Atmung und Ihren Herzschlag konzentrieren. Atmen Sie langsam und gleichmäßig. Der Lärm um Sie herum verschwindet, er unterliegt dem Klang Ihres Herzens. *boboom* Folgen Sie dem Schlag in sich hinein.

Ich spürte die Welle des Herzschlags. *boboom*

Ich spürte den Übergang bis zum Rand des Träumens.

Und dann träumte ich das Kippen in den Kinosaal.
boboom

228

in die Dunkelheit hinein

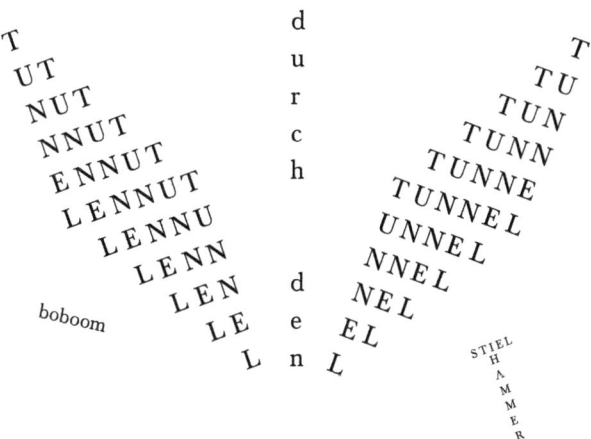

```
T                              d                                    T
 UT                            u                                  TU
  NUT                          r                                TUN
   NNUT                        c                              TUNN
    ENNUT                      h                            TUNNE
     LENNUT                                               TUNNEL
      LENNU                                              UNNEL
       LENN                    d                        NNEL
        LENN                   e                       NEL
boboom   LEN                   n                      EL
          LE                                        L      STIEL
           L                                              HAMMER
```

über die Straße hinweg

boboom

durch die

```
T                                                    T
Ü                                                    Ü
R                                                    R
E                                                    E
N                                                    N
```

hindurch

in den

229

L E I N W A N D L E I N W A N D L E I N W A N D L E I N W

L
E
I
N
W
A
N
D
L
E
I
N
W
A
N
D
L
E
I
N

Ich musste einen Weg finden, Lars zu errei-
hier war ein Kino. Ich konnte nicht einfach zu-
ßen. ... Oder ... konnte ich es vielleicht doch?
und ich setzte sie auf.

KUGELKUGELKUGELKUGELKUGELKUGELKUGELKUGELKUGELKUGELKUGELKUGELKUGELKUGELKUGEL

DRACHE
DRACHE
DRACHE
DRACHE
DRACHE DRACHE

boboom

W A N D L E I N W A N D L E I N W A N D L E I N W A N D

SITZ SITZ SITZ SITZ SITZ SITZ SITZ
Ich
SITZ SITZ SITZ SITZ SITZ SITZ SITZ SITZ
hier
SITZ SITZ SITZ SITZ SITZ SITZ SITZ

SITZ SITZ SITZ SITZ SITZ SITZ SITZ SITZ

230

ANDLEINWANDLEINWANDLEINWAND

chen. Aber wie sollte ich das anstellen? Das
greifen und Lars wie eine Puppe von Ing fortrei-
Wenn der Film ... eine Brille erschien vor mir

L
E
I
N
W
A
N
D
L
E
I
N
W
A
N
D
L
E
I

boboom

LEINWANDLEINWANDLEINWANDLEIN

SITZ   SITZ   SITZ   SITZ   SITZ   SITZ   SITZ SITZ
  SITZ   SITZ   SITZ   SITZ   SITZ   SITZ SITZ
SITZ   SITZ   SITZ   SITZ   SITZ   SITZ   SITZ SITZ
  SITZ   SITZ   SITZ   SITZ   SITZ   SITZ SITZ

231

LEINWANDLEINWANDLEINWANDLEINW
E
I
N
W
A
N
D
L
E
I
N
W
A
N
D
L
E
I
N

boboom

KUGELKUGELKUGELKUGELKUGELKUGELKUGELKUGELKUGELKUGELKUGELKUGELKUGELKUGELKUGELKUGEL

DRACHE
RRR
SCC

WANDLEINWANDLEINWANDLEINWAND

SITZ   SITZ   SITZ   SITZ   SITZ   SITZ SITZ
Ich
SITZ   SITZ   SITZ   SITZ   SITZ   SITZ   SITZ SITZ
hier
SITZ   SITZ   SITZ   SITZ   SITZ   SITZ SITZ

SITZ   SITZ   SITZ   SITZ   SITZ   SITZ   SITZ SITZ

ANDLEINWANDLEINWANDLEINWAND
L
E
I
N
W
A
N
D
L
E
I
N
W
A
N
D
L
E
I

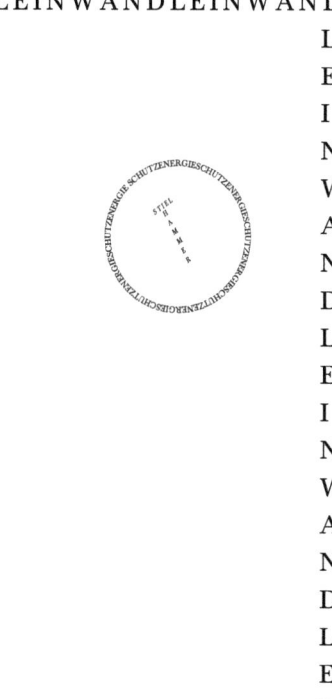

boboom

LEINWANDLEINWANDLEINWANDLEIN

Der Film veränderte sich, er schien nun über
die Leinwand hinauszureichen – ein 3D-Film!

SITZ SITZ SITZ SITZ SITZ SITZ SITZ SITZ

SITZ SITZ SITZ SITZ SITZ SITZ SITZ

SITZ SITZ SITZ SITZ SITZ SITZ SITZ SITZ

SITZ SITZ SITZ SITZ SITZ SITZ SITZ

LEINWANDLEINWANDLEINWANDLEINW
E
I
N
W   *boboom*
A
N
D
L
E
I
N
W
A
N   KUGELKUGELKUGELKUGEL
D   KUGEL   KUGEL
L   KUGEL   KUGEL
E   KUGEL   KUGEL
I   KUGEL   DRACHE   KUGEL
N   KUGEL   DRACHE   KUGEL
WANDLEINWANDLEINWANDLEINWAND
       KUGEL   DRACHE   KUGEL
          KUGELKUGELKUGELKUGELKUGEL

Ich griff nach Lars. Ein Riss entstand in der
schwarzen Kugel und nahm den Druck von
Ing. Es funktionierte tatsächlich!

SITZ SITZ SITZ SITZ SITZ SITZ SITZ
                    Ich
SITZ SITZ SITZ SITZ SITZ SITZ SITZ SITZ
                    hier
  SITZ SITZ SITZ SITZ SITZ SITZ SITZ

SITZ SITZ SITZ SITZ SITZ SITZ SITZ SITZ

234

ANDLEINWANDLEINWANDLEINWAND

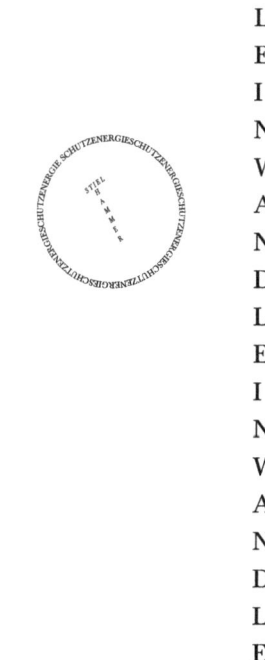

L
E
I
N
W
A
N
D
L
E
I
N
W
A
N
D
L
E
I

boboom

LEINWANDLEINWANDLEINWANDLEIN

SITZ SITZ SITZ SITZ SITZ SITZ SITZ SITZ
SITZ SITZ SITZ SITZ SITZ SITZ SITZ
SITZ SITZ SITZ SITZ SITZ SITZ SITZ SITZ
SITZ SITZ SITZ SITZ SITZ SITZ SITZ

L E I N W A N D L E I N W A N D L E I N W A N D L E I N W

E

I

N

W

A

N

D   *boboom*

L

E

I

N

W

A

N

D

L

E

I

N

W A N D L E I N W A N D L E I N W A N D L E I N W A N D

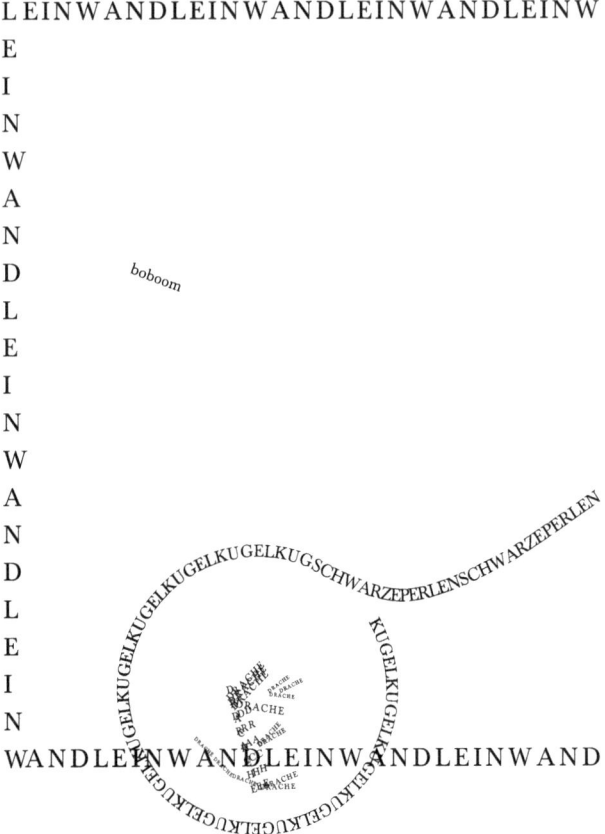

SITZ SITZ SITZ SITZ SITZ SITZ SITZ
Lars   Ich
SITZ SITZ SITZT SITZ SITZ SITZ SITZ SITZ
hier   hier
SITZ SITZ SITZ SITZ SITZ SITZ SITZ

SITZ SITZ SITZ SITZ SITZ SITZ SITZ SITZ

236

ANDLEINWANDLEINWANDLEINWAND
L
E
I
N
W
A
N
D
L
E
I
N
W
A
N
D
L
E
I

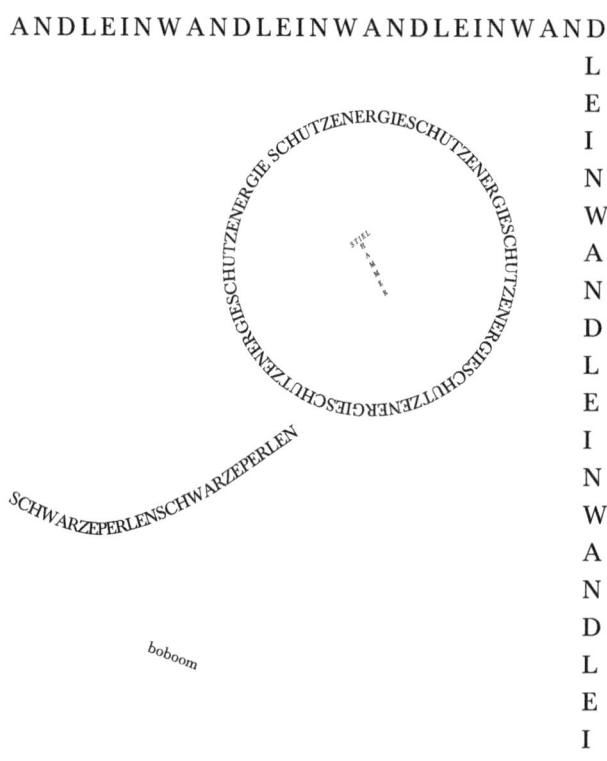

LEINWANDLEINWANDLEINWANDLEIN

SITZ SITZ SITZ SITZ SITZ SITZ SITZ SITZ
 SITZ SITZ SITZ SITZ SITZ SITZ SITZ
SITZ SITZ SITZ SITZ SITZ SITZ SITZ SITZ
 SITZ SITZ SITZ SITZ SITZ SITZ SITZ

LEINWANDLEINWANDLEINWANDLEINW
E
I
N
W
A
N
D   boboom
L
E
I
N
W
A
N
D
L
E
I
N
WANDLEINWANDLEINWANDLEINWAND

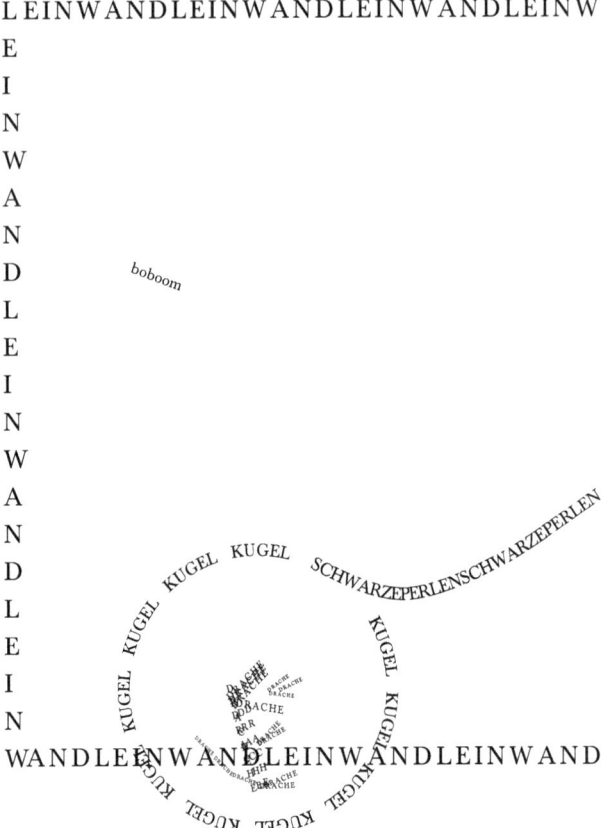

SITZ SITZ SITZ SITZ SITZ SITZ SITZ
         Lars   Ich
SITZ SITZ SITZT SITZ SITZ SITZ SITZ SITZ
        hier   hier
SITZ SITZ SITZ SITZ SITZ SITZ SITZ

SITZ SITZ SITZ SITZ SITZ SITZ SITZ SITZ

238

ANDLEINWANDLEINWANDLEINWAND
LEINWANDLEINWANDLEINWANDLEI

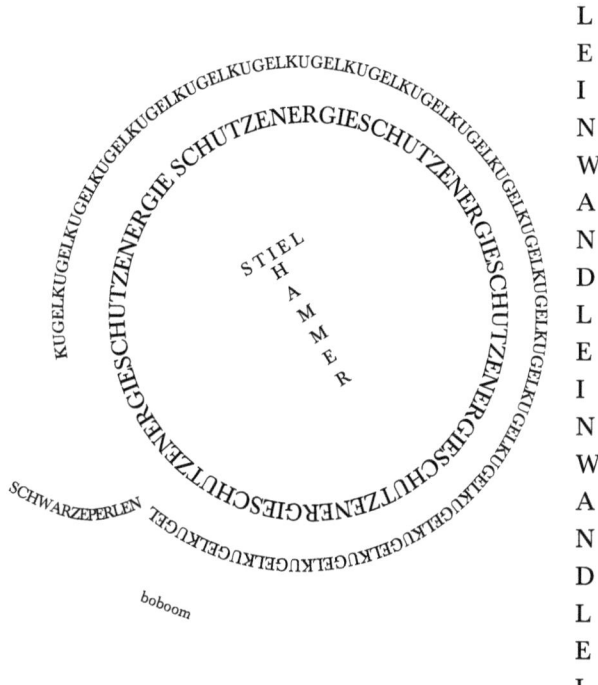

LEINWANDLEINWANDLEINWANDLEIN

Hallo Simon.

   Ich zuckte zusammen. Lars saß neben
   mir und aß Popcorn.

Du hast es tatsächlich geschafft, in mich
einzudringen. Bravo, mein Kleiner. Dass
etwas nicht stimmte, habe ich schon eine
Weile gespürt, aber ich konnte mir nicht
erklären, was es ist. Bis jetzt.

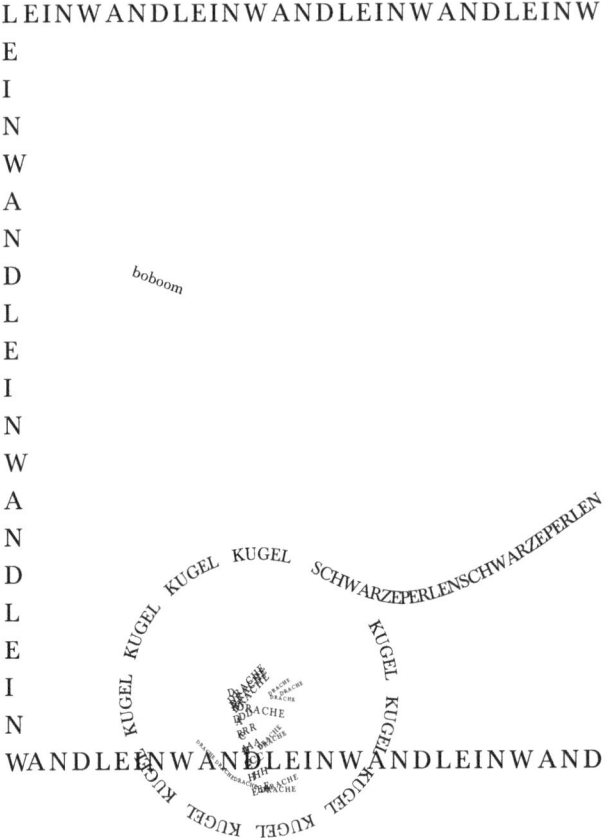

boboom

SITZ SITZ SITZ SITZ SITZ SITZ SITZ
Lars Ich
SITZ SITZ SITZT SITZ SITZ SITZ SITZ SITZ
hier hier
SITZ SITZ SITZ SITZ SITZ SITZ SITZ

SITZ SITZ SITZ SITZ SITZ SITZ SITZ SITZ

ANDLEINWANDLEINWANDLEINWAND

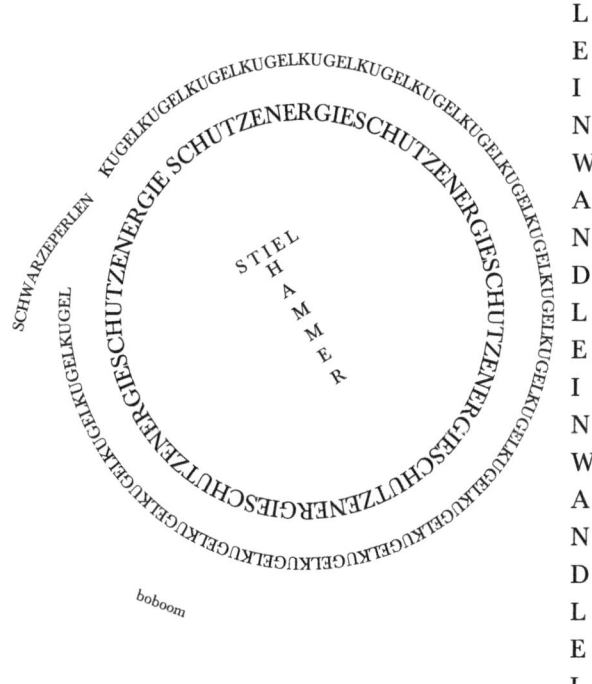

LEINWANDLEINWANDLEINWANDLEIN

Hör zu, Lars, wir müssen nicht aufeinander losgehen. Du kannst dich uns anschließen und Marlene aufhalten.

Müsste das nicht voraussetzen, dass mir etwas an dieser Welt oder an dir liegt, hm? Alles, was ich sehe, ist dieser vermüllte Planet. Er ist so voller Wesen, die ihn und seine Kraft nicht kennen, die das Material und das Potenzial zur Neugestaltung nicht sehen, auf dem sie sitzen.

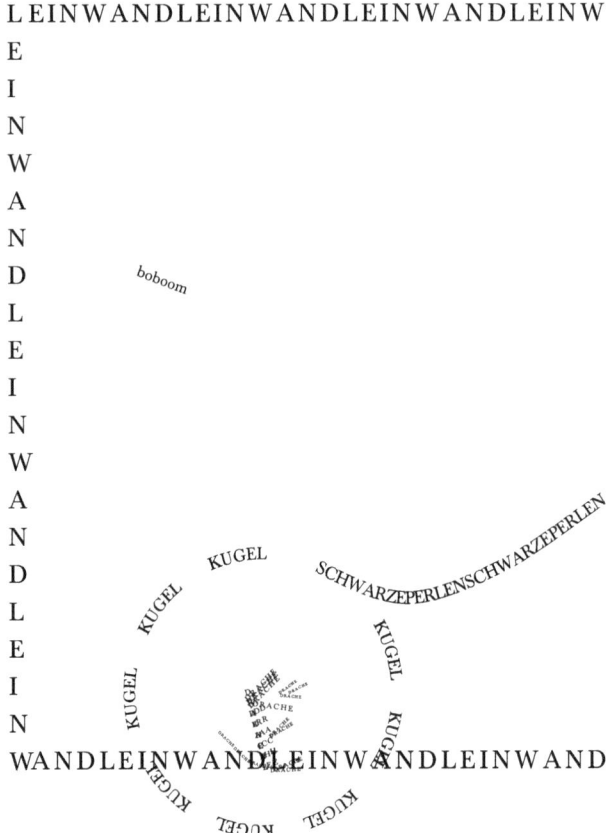

boboom

LEINWANDLEINWANDLEINWANDLEINW
E
I
N
W
A
N
D
L
E
I
N
W
A
N
D
L
E
I
N
WANDLEINWANDLEINWANDLEINWAND

KUGEL KUGEL KUGEL KUGEL SCHWARZEPERLENSCHWARZEPERLEN KUGEL KUGEL KUGEL KUGEL KUGEL

SITZ SITZ SITZ SITZ SITZ SITZ SITZ
             Lars   Ich
SITZ SITZ SITZT SITZ SITZ SITZ SITZ SITZ
             hier   hier
   SITZ SITZ SITZ SITZ SITZ SITZ SITZ

SITZ SITZ SITZ SITZ SITZ SITZ SITZ SITZ

242

ANDLEINWANDLEINWANDLEINWAND

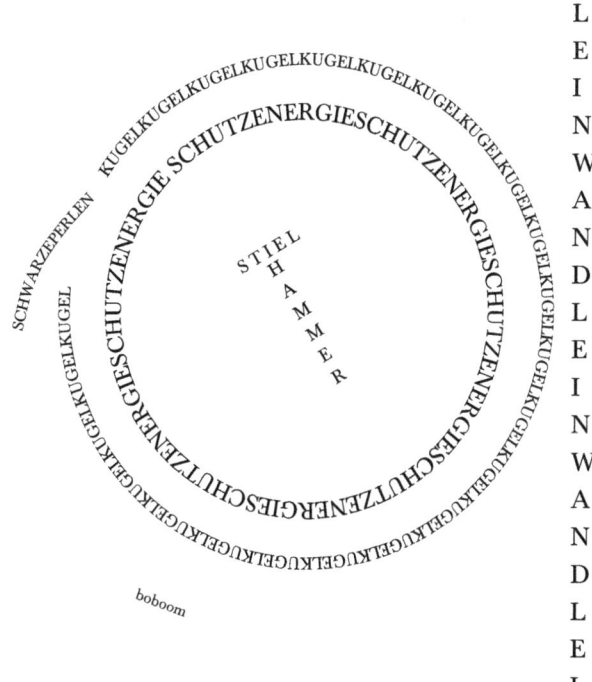

L
E
I
N
W
A
N
D
L
E
I
N
W
A
N
D
L
E
I

LEINWANDLEINWANDLEINWANDLEIN

Aber musst du uns deswegen alle vernichten?

Wieso vernichten? Ihr seid das Material, Simon. Ihr werdet Teil des Neuen sein, das wir
erschaffen.

Wie wäre es mit einer friedlichen Ko-Exis-
tenz? Ihr könntet doch den Planeten zum
Besseren verändern. Säubert die Luft, rei-
nigt die Ozeane, helft uns, die Veränderung
gemeinsam zu gestalten.

243

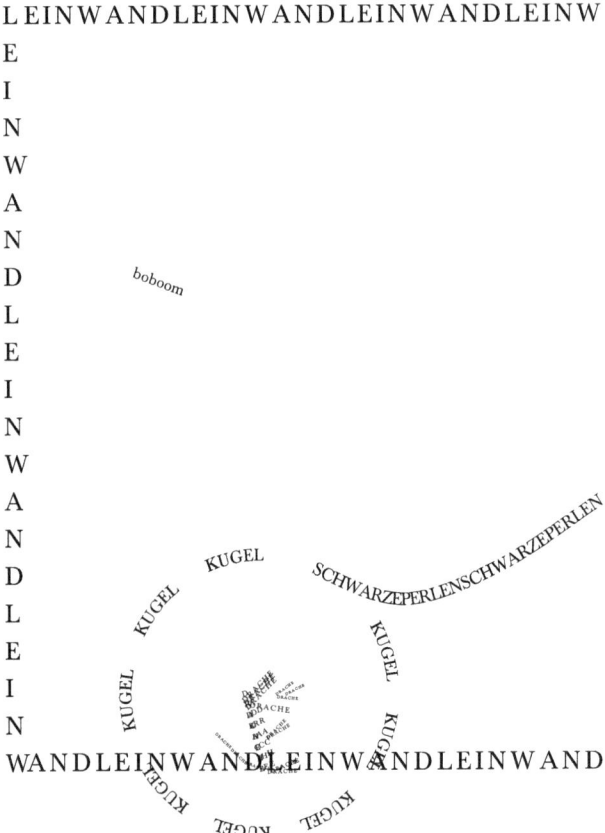

LEINWANDLEINWANDLEINWANDLEINW
E
I
N
W
A
N
D   *boboom*
L
E
I
N
W
A
N
D
L
E
I
N
WANDLEINWANDLEINWANDLEINWAND

KUGEL KUGEL KUGEL KUGEL

SCHWARZEPERLENSCHWARZEPERLEN

KUGEL KUGEL KUGEL KUGEL KUGEL

| SITZ | SITZ | SITZ | SITZ | SITZ | SITZ | SITZ |

Lars   Ich

SITZ SITZ SITZT SITZ SITZ SITZ SITZ SITZ

hier   hier

SITZ SITZ SITZ SITZ SITZ SITZ SITZ

SITZ SITZ SITZ SITZ SITZ SITZ SITZ SITZ

ANDLEINWANDLEINWANDLEINWAND

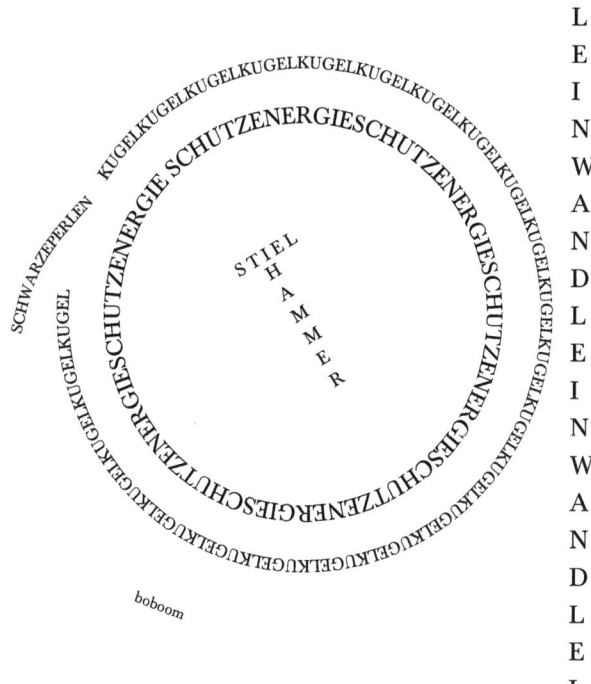

LEINWANDLEINWANDLEINWANDLEIN

Eure Welt zu retten, nennst du eine Gestaltung? Wir wollen etwas vollkommen Neues erschaffen und nicht am Alten herumbasteln.

> Dann können wir uns nur auf dem Schlachtfeld begegnen?

Wir standen uns nie in anderer Art gegenüber!

> Mit diesen Worten griff er nach mir und schleuderte mich durch den Kinosaal.

245

Ein seltsames Geräusch drang Dennis und Marten aus dem großen Saal entgegen. Wie das Ächzen von Stahl, der unter großem Druck zu bersten droht.

Was zum Teufel stellt dein Freund da an?

Dennis wurde schneller, aber Marten hielt Schritt. Schließlich erreichten sie die Eingangstür und betraten den Raum, in dem sich ihnen ein ungeheures Schauspiel und ohrenbetäubender Lärm offenbarten.

Was ... ist ... das?

Dennis hielt inne. Ein aus weißen Perlen bestehender Drache wurde langsam von einer Kugel aus schwarzen Perlen zerdrückt. Der Freund des Schnuckelchens saß am anderen Ende des Raums, hatte die Augen geschlossen und hielt einen Hammer in der Hand.

Das ... das muss eine missratene Projektion sein. Hat dein Freund etwa unser Programm gehackt? Von Berliner Stadtszene zu mittelalterlichem Drachenkampf – eine nette Idee, aber überhaupt nicht unser Stil. ... Es tut mir leid, aber dafür wandert er auf jeden Fall in den Knast!

Mir tut es auch leid, Dennis!

Was meinst...

Marten Holm schlug mit voller Kraft zu. Der große Mann ging ohne Gegenwehr zu Boden, während Marten zu hüpfen begann.

Autsch ... Hand, Hand, Hand ... scheiße tut das weh!

Der Schmerz war noch nicht verklungen, als er den ohnmächtigen Dennis umklammerte und in den Hinterhof zerrte. An eine Wand gelehnt ließ er ihn liegen. Dann wandte er sich dem Eingang zum Klub zu.

Was sollte er tun? Zurückgehen oder doch warten, wie er es Simon versprochen hatte?

Ohne zu zögern entschied sich Marten Holm, sein Versprechen zu brechen.

L E I N W A N D L E I N W A N D L E I N W A N D L E I N W
E
I
N
W
A
N
D   *boboom*
L
E
I
N
W
A
N   DRACHE
D   DRACHE DRACHE DRACHE
L   DRACHE DDRACHE
E   A RRR
I   AAA DRACHE
N   DRACHEDRACHEDRACHE CCC
     HHH
     EEEDRACHE
     DRACHE
W A N D L E I N W A N D L E I N W A N D L E I N W A N D

SITZ   SITZ   SITZ   SITZ   SITZ   SITZ
SITZ   SITZ   SITZ   SITZ   SITZ   SITZ SITZ
   SITZ   SITZ   SITZ   SITZ   SITZ   SITZ   SITZ
SITZ   SITZ   SITZ   SITZ   SITZ   SITZ   SITZ SITZ

Larsch

248

Ich lag zwischen den Sitzen und konnte mich kaum bewegen. Irgendetwas stimmte nicht.

LEINWANDLEINWANDLEINWANDLEINW
E
I
N
W
A
N
D
L
E
I
N
W
A
N
D
L
E
I
N
WANDLEINWANDLEINWANDLEINWAND

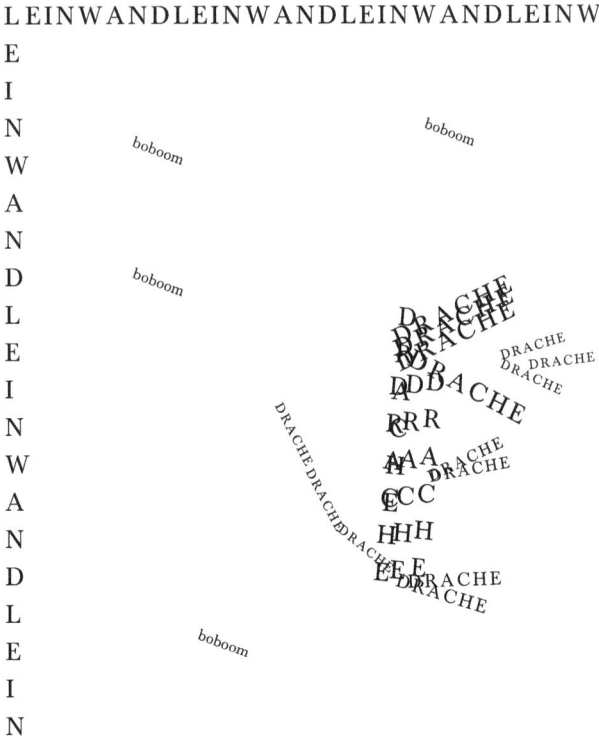

boboom

boboom

boboom

DRACHE DRACHE DRACHE DRACHE DRACHE DRACHE DRACHE

SITZ SITZ SITZ SITZ SITZ SITZ SITZ
SITZ SITZ SITZT SITZ SITZ SITZ SITZ
SITZ SITZ SITZ SITZ SITZ SITZ SITZ
SITZ SITZ SITZ SITZ SITZ SITZ SITZ SITZ

Larsch

Lars stand über mir und trat mir in den Magen. Ich krümmte mich vor Schmerz und konnte auf der Leinwand sehen, dass die schwarzen Perlen meinen Schutzschild durchdrungen hatten. Offenbar verlor ich die Konzentration auf den Hammer.

LEINWANDLEINWANDLEINWANDLEINW
E
I
N   *boboom*   *boboom*
W
A
N
D   *boboom*
L
E   DRACHE
I   DRACHE
N   DDDACHE   DRACHE DRACHE
W   DRACHE DRACHE   RRR   DRACHE
A   AAA   DRACHE
N   CCC   DRACHE
D   HHH
L   EEE DRACHE
E   *boboom*   DRACHE
I
N
WANDLEINWANDLEINWANDLEINWAND

Lars
Ich

SITZ   SITZ   SITZ   SITZ   SITZ SITZ SITZ
SITZ SITZ   SITZT   SITZ   SITZ SITZ SITZ SITZ
    SITZ   SITZ   SITZ   SITZ   SITZ   SITZ SITZ
SITZ SITZ   SITZ   SITZ   SITZ   SITZ   SITZ SITZ

252

Lars holte ein weiteres Mal aus, doch irgendwie gelang es mir, meine Arme zu heben und sein Bein zu greifen. Mit aller Kraft hielt ich ihn davon ab, mir ins Gesicht zu treten.

LEINWANDLEINWANDLEINWANDLEINW
E
I
N
W
A
N
D
L
E
I
N
W
A
N
D
L
E
I
N
WANDLEINWANDLEINWANDLEINWAND

Larsch

boboom

boboom

boboom

boboom

SITZ SITZ SITZ SITZ SITZ SITZ SITZ

SITZ SITZ SITZT SITZ SITZ SITZ SITZ SITZ

SITZ SITZ SITZ SITZ SITZ SITZ SITZ

SITZ SITZ SITZ SITZ SITZ SITZ SITZ SITZ

254

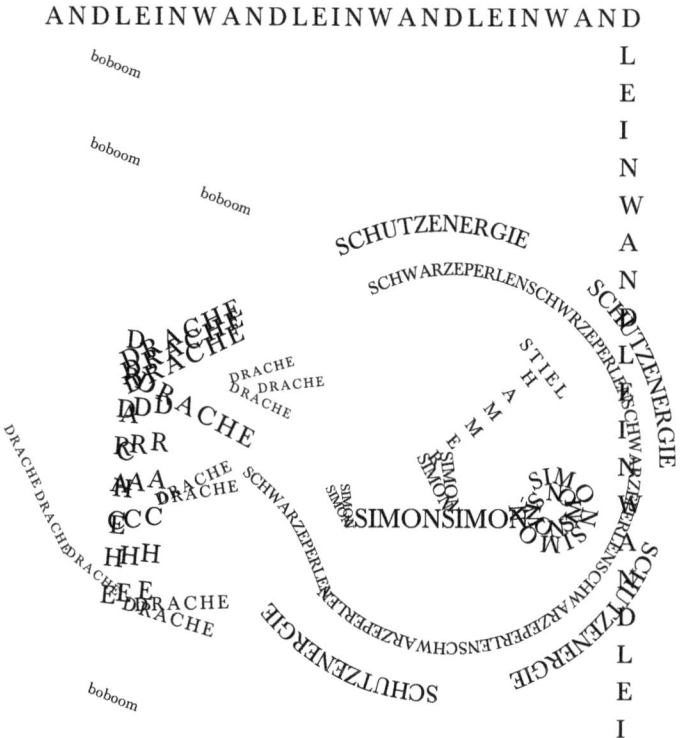

Plötzlich wurde Lars in die Höhe gerissen und ich mit ihm, denn ich hing noch immer an seinem Bein. Wir schossen durch die Decke des Kinos...

...als ich die Kippstelle des Traums erreichte, ließ ich ihn los und kehrte in die Wirklichkeit zurück. ... Für einen Moment war mir alles fremd – der Raum, die Zeit, der Augenblick. Doch dann wusste ich wieder, wo ich war.

#willkommenzurück
#nunaberlos
#finale

Lars hatte sich wieder in einen Drachen verwandelt. Die beiden Urwesen kämpften miteinander. Weiße und schwarze Perlen schossen durch den Saal, prallten an den Wänden ab und kehrten zu ihrem Ursprung zurück. Manchmal war es schwer, die beiden auseinanderzuhalten, dann wiederum vereinzelten sie sich so, dass ich Ing erkennen konnte.

N.I.N.I.?

Ja, Simon?

Wer gewinnt?

Das ist schwer zu prognostizieren. Beide scheinen gleich stark zu sein.

Kann ich etwas tun?

So lange sich das Wesen, das Sie Lars nennen, nicht in fester Form manifestiert, bleibt Ihnen nur die Position eines Beobachters.

Und wenn ich ... mit dem Hammer ...

Simon?

Ich stand auf und schwang den Hammer mit großer Wucht. Meine Gedanken konzentrierte ich dabei auf die schwarzen Perlen und mein inneres Bild von Lars.

Was haben Sie vor, Simon?

Die Luft um mich herum schien wieder zu vibrieren. Ich umklammerte den Stiel des Hammers mit beiden Händen und richtete ihn auf das schwarze Perlengewirr.

#undwaspassiertjetzt
#sagschon

Die Energien des Werkzeugs zwangen Lars in seine menschliche Form. Alle Perlen flossen ineinander und wurden von meinem Kraftfeld zusammengepresst.

#omg
#dasistvollderhammer
#mögederhammermitdirsein

Ich spürte, dass Lars sich wehrte, und ich wusste, dass ich das nicht lange aushalten konnte. Der Schweiß stand auf meiner Stirn, meine Arme begannen zu zittern. Schon flirrten erste Perlen in meine Richtung.

#haltedurchsimon

Ich war so auf Lars fokussiert, dass ich nur noch im Augenwinkel wahrnahm, wie der weiße Drache ausholte und mit einer solchen Wucht auf Lars einschlug, dass dieser mit einem unmenschlichen Schrei wie Glas zersplitterte.

Ing stürzte zu Boden und wurde wieder menschlich.

Einzelne schwarze Perlen prallten noch gegen die Wände und zerflossen an ihnen wie ölige Tropfen. Es war geschafft! Wir hatten Lars besiegt!

#herzlichenglückwunsch
#einergeschafftnocheineübrig
#weitergehts

Ich lief zu Ing und fiel ihm um den Hals.

Wir haben es geschafft, Ing!

Seltsame Geräusche tönten in der Tiefe des Hauses.

Ich musste ihn zerschlagen, Simon.

Ich weiß, aber er hat uns doch keine Wahl gelassen!

Die Geräusche wurden drängender.

Wir töten einander nicht. Wir greifen niemals ein. Wir haben Verträge. ... Ich hätte nicht...

Der Saal wurde mit großem Lärm von schwarzen Perlen geflutet. Es mussten hunderte Dunkelweltler sein, die plötzlich auf Ing zuschossen und sich wie ein dichtes, schwarzes Netz um ihn legten.

Ich hob den Hammer und holte aus, um das Netz zu zerreißen, aber die Welt um mich herum löste sich auf.

#wiejetzt
#waspassiertdennda
#hatsimongewonnenodernicht

Marten Holm öffnete vorsichtig die Tür zum großen Saal. Der unmenschliche Lärm einer fremden Welt schlug ihm entgegen. Sofort fühlte er sich an die Aufnahmen aus der Dimensionsfalte in Ruhla erinnert. Aber dieses Mal konnte er der Überforderung standhalten, denn dies war seine Daseinsebene.

Simon saß noch immer auf dem Boden. Er schien wie in der letzten Nacht in Trance zu sein, nur war er dieses Mal in großer Gefahr, denn schwarze Perlen drangen langsam zu ihm durch. Sie legten sich um seinen Hals und schienen ihm die Luft zu rauben.

Marten wollte hinlaufen, er wollte die Perlen ablenken oder Simon aufwecken. Irgendetwas musste er doch tun, um ihm zu helfen! Doch da erreichte der weiße Drache seinen besten Freund und schlug das tödliche Schwarz von ihm fort. Simon erwachte wie aus einem viel zu langen Traum und die schwarzen Perlen formierten sich neu. Plötzlich kämpften wieder zwei Drachen miteinander. Wie zwei Echsen aus einer längst vergangen Zeit verbissen sie sich und rissen sich perlende Stücke aus dem Leib. Dazwischen lösten sie sich immer wieder auf und verschwommen zu einem Meer aus Schwarz und Weiß.

Marten sah, dass Simon sich aufrichtete und den Hammer über seinem Kopf schwang. Nach einem kurzen Moment des Kreisens hielt er ihn schließlich in Richtung der schwarzen Perlen, die sich zu sammeln begannen. Eine Silhouette entstand im Raum und Marten erkannte sofort: Es war Lars!

Simon stand der Schweiß auf der Stirn. Wie lange konnte er das noch durchhalten? Seine Arme schienen zu zittern und erste schwarze Perlen flossen schon wieder auf ihn zu.

Aber der weiße Drache bäumte sich nun auf. Er schien all seine Kraft zu sammeln und dann zerschlug er Lars blitzschnell und mit einer Wucht, wie Marten sie noch nie zuvor in seinem Leben gesehen hatte. Splitter schossen durch den Raum, perlten gegen die Wände und flossen zähflüssig an ihnen hinunter. Es war vollbracht. Sie hatten Lars besiegt!

Marten wollte zu Simon laufen, doch der weiße Drache nahm eine menschliche Form an. Es war der Südländer, den er schon einmal in der Wohnung von Lars gesehen hatte. Das musste also Ing sein.

Marten beschloss, den beiden diesen intimen Moment zu lassen. Er wandte sich ab und wartete. Dass Simon einen Freund aus einer anderen Dimension hatte, war schon seltsam und schön zugleich. Vor einem Jahr noch waren sie zwei Jungen gewesen, beste Freunde. Doch mit Martens Umzug nach Zollperding hatte sich alles verändert. Manchmal fragte er sich, ob Simon auch ein Hüter der Welt geworden wäre, wenn der Umzug nicht stattgefunden hätte.

Ein seltsames Geräusch riss ihn aus seinen Gedanken. Als er sich umdrehte, schossen schwarze Perlen durch den Saal. Sie legten sich wie ein Netz um Ing und dieser wehrte sich nicht, sondern ließ es geschehen. Warum tat er denn nichts? Gegen Lars hatte er doch so erfolgreich gekämpft! Aber nun zerrte ihn das Perlennetz ohne Widerstand mit sich.

Zum Glück reagierte Simon sofort. Er holte mit dem Hammer aus und – löste sich im selben Moment in Luft auf. Der Hammer fiel gemeinsam mit N.I.N.I. zu Boden. Die schwarzen Perlen schwemmten den Gefangenen durch die Wand unterhalb der Bar und verschwanden mit ihm im Nirgendwo.

Marten blieb allein zurück.

Was geht, Bro?

Eine tiefe Stimme ließ ihn zusammenzucken. Er hatte sie schon einmal in den Tonaufnahmen aus Ruhla gehört – und sie brachte keine angenehmen Erinnerungen zurück.

Yes, mein Edelmann, I am back!

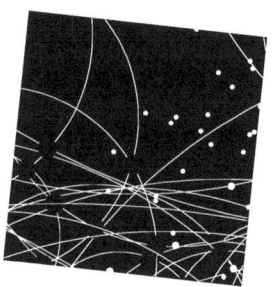

#undwiegehtsnunweiter
#daskannmandochnichtsoendenlassen

Simon Brand und Marten Holm werden zurückkehren.

#dasmachtsjetztauchnichtbesser
#nadannbiszumnächstenb(r)and
#hoffentlichdauertdaswartennichtsolange

DANKSAGUNG

Wie bei jedem Band gibt es auch dieses Mal wieder Menschen, denen ich zu großem Dank verpflichtet bin. Zu allererst danke ich voller Liebe und Wertschätzung meinem Lebenspartner Ronny Kutter, der wie immer das Cover und die kleinen Embleme am Beginn eines jeden Kapitels entworfen hat.

Janin (Nini) Aadam und Klarissa Schröder danke ich für ihre wertvolle Zeit, die wie bei jedem Band in Korrekturen, Anmerkungen und Aufmunterungen floss.

Dir, lieber Lesemensch, sei gedankt für dein geduldiges Warten auf den dritten Teil. Ich verspreche, dass die Arbeit am vierten Band zügig beginnt. Bis dahin aber bleibe Simon treu und erzähle allen Menschen, die du triffst, dass diese Buchreihe einen Blick wert ist. Ich danke dir dafür von Herzen!

#sbhdw #sbhdw3
#simonbrand #hüterderwelt
#larsaffair

www.die-theatrale.de
instagram.com/roy_the_adventurer
youtube.com/user/MichaelBahnMA

Dr. Michael Bahn, geboren 1981, arbeitet an der Universität Koblenz-Landau, Campus Landau, wo er in der Literaturdidaktik und Literaturwissenschaft lehrt. Seine Arbeitsfelder sind u.a. die Kinder- und Jugendliteratur (der DDR) sowie Hörspiele und künstlerisch-kreatives Arbeiten im Deutschunterricht. Nach seinem Studium der Literatur-, Sprach- und Religionswissenschaft entwickelte er im Rahmen seiner Dissertation die Theatrale Lyrikuntersuchung (TLU) mit dem Ziel, Gedichte leichter zugänglich zu machen. Daran anknüpfend entstehen in Zusammenarbeit mit Studierenden immer wieder kleine künstlerisch ausgerichtete Lehr-Lern-Projekte.

Weitere Informationen und Kontakt zum Autor erhalten Sie unter: www.die-theatrale.de

In der Reihe Simon Brand sind bisher erschienen:

Band 1

Simon Brand. Hüter der Welt. #ghosting

ISBN: 978-3-7481-7542-1 - 9,99 Euro

Band 2

Simon Brand. Hüter der Welt. #wanderlust

ISBN: 978-3-7519-8432-4 - 12,90 Euro